GOBOOKS & SITAK GROUP©

GOBOOKS
& SITAK
GROUP©

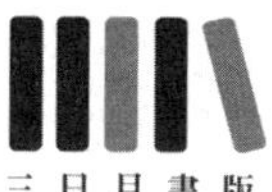
三日月書版

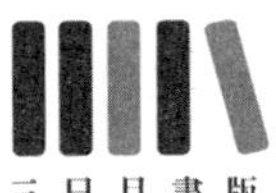
三日月書版

輕世代
FW127

幽鬼宅急便

05 唉，請問鬼死能不能復生？

俗人 著
言一 繪

三日月書版

穆方

男，十七歲的高三學生。父親姓穆，母親姓方，兩人姓氏合在一起偷懶取了這個名字。學校所有曠課和處分的最高紀錄保持人，堪稱老師和家長眼中最完美的反面典型。不過鮮為人知的是，穆方是因為家裡欠下外債才故意自暴自棄，想斷了父母的大學夢，以便早日輟學打工賺錢。

為人處事大大咧咧，看似很不可靠，實際上很有原則，被老薛選中成為新任三界郵差，替死人送信。

韓青青

女，十六歲，明星高中高二學生，與穆方不同校。
穆方因為追蹤靈體，誤入女更衣室，撞到韓青青換內衣，就此相識。
後又因為一連串事件不斷發生交集，成為穆方的紅顏知己。
不過兩個人在一起時少有和諧，反倒鬥嘴揭短的時候較多。

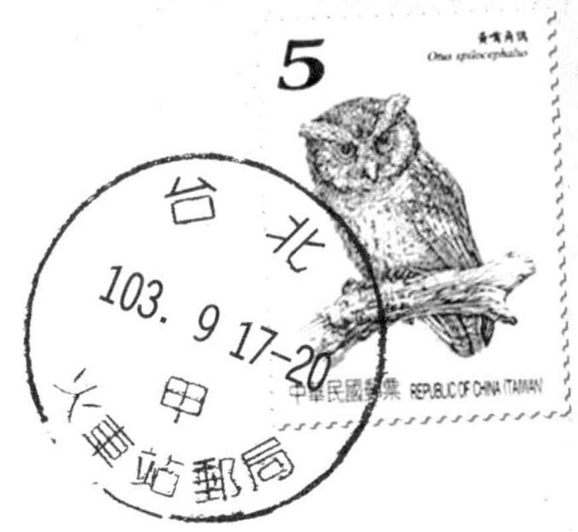

幽鬼宅急便

目錄

AIR MAIL

01

又是特訓

石坪市，某公園。

穆方躺在草地上，嘴裡叼著根草葉子，懶洋洋地望著天空。雯雯蜷縮在他身邊，瞇著眼睛，呼嚕呼嚕睡得正香。

高琳娜的事已過去一個星期，韓青青跟著韓立軍回了黑水市，穆方也搬離了古玩街，但石坪市卻是暗流湧動，風雨欲來。

北王劉，南司馬。三大除靈世家之一的司馬家，幾乎精銳盡出，由老家主司馬風帶領，浩浩蕩蕩的十多個人到了石坪市。而在司馬風之後，與司馬家關係密切的閩南陳家，也由陳天明帶著十多個人，於半日後趕到。

這些人到了之後，帶隊的大佬們先是湊到一起開了個碰頭會，穆方也受邀參加，只不過與會時間還沒超過十分鐘，就被趕了出去。

十八歲擁有通靈境中期的實力、傳說中的三界郵差、神祕的師父和珍貴的靈棗……穆方的種種情報，都讓兩大世家很感興趣，但同時也存在一個讓他們不能容忍的問題。

對靈的認識。

除靈師是除靈的，穆方是替靈服務的，這種矛盾根本無從調和。

司馬風輩分最高，一直老神在在地閉目養神，其餘幾個人卻沒客氣，就這個問題連番教訓穆方，想將他往「正途」上引導。這些人不知道是不是在家裡罵晚輩罵習慣了，面對他這個另類，言語上毫不客氣。

穆方其實有一定的心理準備，但屁股還沒坐熱就被一群人說教，他耐著性子憋了幾分鐘，最終實在忍受不了，直接起身對罵。雖然從頭到尾沒吐出一個髒字，也把一群人氣得臉色鐵青，最終不歡而散。

穆方鬧這麼大，實際上並非真的有多不爽，因為就算司馬風他們不說教，他也得想辦法和他們撇清關係。

兩大世家是為司馬烈而來，而穆方的目標也是司馬烈。大家目標相同，看似不是不能合作，可老薛和李文忠都不喜歡和外人接觸，為了避開不必要的麻煩，他只能選擇規避。

穆方又換了個住處，找了間小旅館，只等師父和烏鴉趕到。

烏鴉在電話裡說很快就到，他等了足足七天，還是一點影子都沒有。他除了每天帶雯雯四處溜達外，幾乎沒有一點事做。

穆方將草葉子吐掉，伸了個懶腰，側頭看了看呼呼大睡的雯雯。

這七天裡的大半時間，雯雯都在睡覺，看似很符合貓的習性，但穆方心裡明白，這是消耗太多靈力的緣故。

李文忠之前曾經警告過，雯雯是妖靈，只能吸取天地靈力。如今人間界靈力稀薄，雯雯無法補充靈力，過度使用力量的話，早晚會有生命危險。

司馬烈的事，不能再讓雯雯參與了。

穆方正暗自思量，雯雯耳朵動了一下，睜開眼睛向天空望去。

空中出現一個黑點，由遠及近，向這邊飛了過來。

仔細辨認之後，穆方大喜過望地站了起來。

「忠哥，你總算來了！」

一隻烏鴉從天空落下，正是李文忠。

李文忠落下之後二話不說，一翅膀就掀到了穆方的腦袋上。

雯雯瞄了一眼，打了個哈欠，又趴下睡了。

穆方哎呦一聲抱頭蹲下，哀嚎道：「忠哥，你幹嘛啊，很痛的……」

「你還知道痛？」李文忠氣呼呼道：「你要是繼續這麼胡鬧下去，死翹翹是早晚的事！」

「之前不是說了嗎，我那時候聯繫不上你們啊。」穆方很委屈：「實在沒辦法，我只能硬上了。」

「你的命比任務重要。」李文忠聲音嚴厲：「記住，以後如果出現類似情況，沒有我或者你師父在，寧可任務失敗，也不能以身犯險。」

穆方大為感動：「忠哥，沒想到你這麼為我著想！」

「著想個屁！」李文忠大罵：「我是不想大人的心血白費。要是你死了，下一個郵差還不知什麼時候才能找到。」

穆方的臉頓時又垮了下去，有氣無力道：「忠哥，你大老遠跑來，就是為了打擊我啊？」

「看見你這傢伙就有氣，差點把正事給忘了。」李文忠抖了抖翅膀，問道：「你後來不是又打電話給我，說有一大批除靈師到了石坪市嗎？」

「對啊，我還被他們趕出來了。」穆方發愁道：「他們留在這，會不會有麻煩啊？

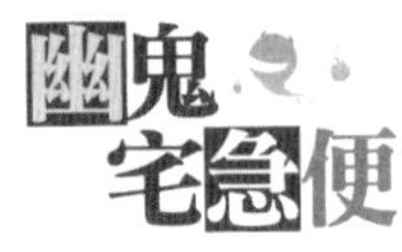

要不要想個辦法把他們騙走？」

欺騙一大群資深除靈師不是一件容易的事，但若是李文忠肯出手，也不是全然辦不到。

李文忠思索了下，道：「不必。有他們幫忙攪混水，我們也許可以坐收漁翁之利。這段時間我們都不要行動，監視那些除靈師，靜觀其變。」

布置九靈篡命圖，除了要集齊九個殺虐滔天的惡靈之外，還要將九靈分別禁錮在不同的地點，彼此之間相距百公里以上。

如果司馬烈真的是篡命圖主人，在石坪市煉製惡靈，就說明這裡是陣眼之一。雖然高琳娜沒有成為惡靈，但陣眼位置不能改變，所以，司馬烈一定沒有離開，而是留下來尋找新目標。如此一來，和那些除靈師發生衝突只是早晚的事。

「不虧是忠哥，考慮的就是深遠，比我強太多了。」穆方很佩服李文忠的謀略，由衷地拍了幾句馬屁後問道：「不是說師父也會來嗎？他人呢？」

「大人肯定會過來，但要晚些日子。在他來之前，我負責盯著那些除靈師。」李文忠道：「大人不到，我們對付司馬烈會很吃力。陣師真正的恐怖，你還遠遠沒有見識到。」

「有那麼厲害嗎……」穆方明顯不信：「對了，忠哥你去盯梢，我做什麼？」

「你當然也有事做。」李文忠頓了頓，語氣有些凝重：「既然你已經完全掌握了滅道之一，在與那陣師正式交手之前，我希望你能掌握滅道之二，縛！」

穆方大喜：「好，沒問題！」

之前他是靠一招打遍天下，滅道之一好用歸好用，但手段太過單調，如果能多學一種，那自然是好事。

穆方正高興，突然感覺哪裡有點不對。按理說烏鴉不會有表情，但穆方總覺得李文忠在笑。

「忠哥……」穆方忐忑地問道：「我怎麼學啊？」

「和上次一樣。」李文忠眼中精光一閃。

四周空氣景物一陣扭曲，穆方轉瞬之間便進入了一片漆黑的世界，連雯雯也被罩了進來。

雯雯再度睜開雙眼，四下打量了一圈，舔了舔爪子。「這地方很不錯，待著很舒適呢。」

「舒適個鬼啊！」望著天空中一層層羽毛似的烏雲，穆方發出痛苦的呻吟。

忠哥的黑獄結界，天啊，又是特訓！

石坪市某個旅館的房間內，一名七十開外的老人坐在椅子上，白髮如霜，長鬚垂胸，手裡拿著一柄銅質煙袋，吧噠吧噠地嘬著。煙袋鍋冒著火苗，但詭異的是，沒有一絲一毫的煙霧。

兩個四十多歲的中年人，分別坐在兩邊，雙手放在膝蓋上，一副畢恭畢敬的模樣。左邊的男人面容堅毅，皮膚有些黑；右手邊的男人則面容白皙，頗為儒雅。

看似普普通通的三個人，走在大街上也沒什麼特殊，但是在通靈師的世界裡，他們卻都可說是響噹噹的人物。

椅子上的老者，複姓司馬單字風，乃是老牌除靈師世家——南司馬的上一任家主。在已知的除靈師中，最強的五人被稱為五靈王，司馬風是其中之一。

坐在右手邊的那名儒雅中年人，是司馬風的次子，司馬玄水，通靈境後期。司馬玄水是個武癡，只對修練變強感興趣，當年司馬玄青靈力盡失，本想讓他繼承家主之位，但他覺得家主事務繁多，影響修練，生生拒絕。

至於左邊那名堅毅男子，則是穆方的老熟人，陳清雅的父親陳天明。來的四十多號除靈師，以這三人為首。

三個人已經沉默了很久，似乎都有心事。

「父親。」司馬玄水打破了沉默，憂慮道：「來這已經好幾天了，但是烈叔的消息一點也查不到。而且，我們這麼多人到這，王家和劉家肯定已經知道了……」

南司馬，北王劉，不光代表最強的三個除靈師世家，同樣也代表著一種勢力劃分。如果某個城市已經有除靈師了，其他除靈師就不能隨便進入，這是規矩。

北方是王家和劉家的地盤，雖然石坪市沒有這兩家的人，但也算是北邊。來一、兩個人沒關係，誰都有出門辦事的時候，可是現在，一來就是一大幫，不論誰都會在意的。

陳天明小心地觀察司馬風的臉色。他帶人過來，是因為陳家和司馬家的關係很近，只是來助拳的，不適合插話。

司馬風還是吧噠吧噠抽著煙，沒吭聲。

司馬玄水鼓足勇氣，再度開口道：「父親，我是想，要不要還是向王家和劉家知會一聲……」

「知會什麼？」司馬風突然發作，煙袋鍋子敲到了桌子上：「嫌自家的事不夠丟人嗎？讓別人來笑話？」

「父親教訓的是。」司馬玄水立刻低下頭，大氣都不敢喘一下。

「風叔。」陳天明覺得自己不能再沉默了，開口道：「烈叔現在是陣師，要是他一直躲著，我們很難找到。」

「找到他固然好，但找不到也沒關係。」司馬風按了按煙袋鍋，眼中精芒四射。「只要我們在石坪，他就不敢有什麼大動作。我們有的是時間等，可他卻沒那麼多時間和我們耗。況且，他最想要的還在我手上，我們只需要以逸待勞就好。我倒要看看，那個不成器的東西能忍耐多久！」

在司馬風說著這些話時，旅館樓下的人行道上，一個人正默默地注視著他所在的房間窗戶。

那個人，臉上戴著口罩，鼻梁上架著墨鏡。四周的人來來往往，但好像沒有一個人能看到他。

過了一會，口罩後的臉似乎笑了一下。

「這麼多天按兵不動，不愧是大哥，果然沉得住氣啊。看來還是得我這個做弟弟的先做點什麼才行了。」

那人轉過身，隱入了往來的人流當中。

石坪市激流暗湧，黑水市同樣波浪起伏，尤其是黑水八中，簡直都要翻了天。

大考成績公布了，黑水八中出了一個全國大考榜首。

這個榜首的名字，叫穆方。

當看到榜首名字時，校長覺得這個玩笑有點大。

穆方在八中相當有名，處分通報只要公布，十次有九次會出現這個名字。可是大考榜首……這怎麼想都不可能。

學校第一時間就打電話到大考中心，說肯定弄錯了。大考中心不敢怠慢，仔仔細細查了一遍，又再閱卷了一次，最後告訴八中校長：「別得了便宜還賣乖，就是你們學校的！」

校長徹底震驚了，迷迷糊糊地把消息發布了出去，這下，整個學校都瘋了。

「校、校長。」穆方的班導肖國棟跑到校長室，結結巴巴道：「您別別別嚇我，穆方怎麼可能是大考榜首？這，這不對啊！」

「你是他的班導師，你都不知道我怎麼會知道！」校長現在也沒想通呢。

八中這麼多年，全市大考榜首都沒出過，結果冷不丁冒出一個全國榜首。而拿到這項榮譽的，還是個眾所周知的劣等生。

「他，他一定是竄改成績了。」肖國棟義憤填膺：「就知道他會胡來，沒想到連……」

「你腦子有病是不是！」校長沒好氣地罵了一句，敲了敲桌子：「成績是大考中心發布的，考卷就在人家那裡，也再次確認過答案了！你想怎麼改？你改給我看看！」

「那就是作弊！」肖國棟不愧是穆方的班導，一語中的。

校長差點一腳把肖國棟踹出去。

對穆方拿榜首這件事，他想不通歸想不通，但心裡還是很高興。

這麼多年來，整個黑水市從沒出過全國榜首，結果被自己學校的學生拿到了這項榮譽，他身為校長臉上不僅有光，未來絕對升遷有望。運氣好的話，說不定能在退休之前，到教育部混個一官半職。

「給你個任務。」校長有了決斷，慢悠悠道：「你去收集穆方平時的生活學習情況，內容要夠勵志，再找幾個國文老師潤色一下，刊登到校報上，鼓勵全校學生向穆方學習。」

肖國棟下巴差點沒掉到地上。

開什麼玩笑，向穆方學習？那這間學校乾脆關掉算了。

看著肖國棟的苦瓜臉，校長耐著性子道：「老肖，我知道你對這個學生有看法，可興許人家只是藏拙呢？現在成績下來了，電視臺、報社的記者隨時會來採訪，如果我們不先有個準備，到時候你怎麼和人家說？說這個學生蹺課、不上進？」

「校長，這個我明白，只是……」肖國棟漸漸接受了現實，但還是很為難：「您讓我找穆方的處分單很容易，可找什麼勵志故事，這根本不可能啊……」

「他都能當大考榜首了，有什麼不可能？」校長臉色一沉：「找不出來，你也別在這當老師了！」

肖國棟哭喪著臉走了。

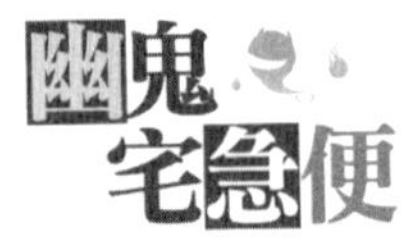

他可能是有史以來，第一個因為學生拿了大考榜首而發愁的老師了。

馬梁這兩天過得格外神清氣爽，走路都輕飄飄的。

穆方找了槍手，也沒忘了他這個患難同桌，這下進國立大學不再是夢了。

看到成績後，馬梁的老爸一高興，直接包了個大紅包，讓他上街花完了再回家。

馬梁拿著紅包，得意洋洋地走在大街上，東瞧瞧西看看，咧著大嘴一個勁傻樂。

幸好有穆方，一定得請他吃頓好吃的！不過那小子更狠，直接拿了大考榜首，人不知道跑哪去了，電話也打不通。

正閒晃的時候，身後突然有人喊他。

「馬梁？你是馬梁嗎？」

馬梁回頭一看，嘴笑得更開了。

一個綁著馬尾的漂亮女生，一路小跑了過來。

好事要是來了，真是擋也擋不住，竟然有漂亮女生跟我搭訕！

馬梁按捺住心頭的喜悅，故作矜持狀：「這位同學，妳叫我？」

「裝什麼啊。」那女生劈頭就是一句：「有女生搭訕，心裡美得冒泡了吧。」

馬梁一個趔趄，氣悶道：「同學，妳誰啊？沒事拿我尋開心。」

「我叫韓青青。」漂亮女生挑了下眉毛：「我問你，穆方跑哪去了？敢不接我電話，看來他是活膩了！」

韓青青一直在等大考成績公布，想查查穆方的分數，可當成績真的下來，她發現自己壓根就不用查，報章雜誌上都是穆方的名字。

大考榜首！

王母娘娘神仙姥姥，這玩笑也太大了吧？那傢伙怎麼可能考這麼高的分數！

韓青青第一時間就打電話給穆方，只是這個時候，他正在黑獄結界裡被李文忠虐得死去活來，又怎麼可能接到。

電話試了好幾遍都打不通，韓青青便運用老爸遺傳的天賦技能，從別的途徑來偵查穆方了。

看著氣呼呼的韓青青，馬梁滿腹狐疑：「妳找穆方？妳是他什麼人？」

「老娘是他債主！」韓青青豎著眉毛。

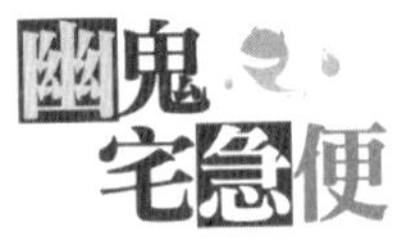

馬梁眼睛轉了轉，咳嗽了下：「這位同學，妳認錯人了吧？穆方這個人我聽過，但不熟。」

在馬梁看來，穆方絕不可能和這麼漂亮的女生有什麼關係，肯定是欠人家錢了。好兄弟講義氣，穆方又幫了自己那麼大忙，怎麼也得幫他一把。

「少矇我。穆方和我說過，他有個朋友叫馬梁，是個一米九的大漢。」韓青青冷眼看著馬梁：「你穿著八中的校服，八中身高一米九以上的只有三個人。一個是近視眼，另一個是胖子。你兩個條件都不符合，不是馬梁還能是誰？」

「呃……」馬梁無語。這女的太厲害了吧，警察還是偵探啊。

「這位同學，太不巧了，穆方不在黑水，他出遠門了。」馬梁決定死撐到底。

「我知道他去石坪了，那幾天我一直和他在一起。」韓青青皺眉道：「難道他還沒回來？」

「妳和穆方在一起？在外地？好幾天？」這下馬梁是真懵了。

對他來說，這句話代表的意義，遠比穆方拿大考榜首震撼得多。

「你好像真的不知道。算了，我自己再去找。」韓青青打量馬梁幾眼，失望地走了。

馬梁愣愣地看著韓青青的背影，只感覺腦袋嗡嗡作響。

這女的難道是穆方女朋友？不會吧……可如果不是的話，又怎麼一起在外地好幾天？

不行，等穆方回來，非審問清楚不可！

馬梁打定主意，剛轉身準備離開，一個人迎面從身邊走過。

狐疑地看了那人一眼，馬梁暗自嘀咕。

「真是神經病，大熱天的還戴墨鏡口罩，當自己是明星啊。」

02

司馬烈的送信任務

幾日後，石坪市某街頭公園，深夜。

此時正值夏日，明月當空高掛，公園已經看不到半個人影，除了草叢中的蟲鳴，四周是一片寂靜。

突然，不知從何處傳來茲茲聲響，空氣中漸漸出現一道細縫。一雙手從中探出，扒住邊緣，將縫隙撐大，好像在空氣中撕開了一個大口子。

如此漆黑的夜晚，若是有旁人看到這般場面，少不得要嚇得魂飛魄散。

「開了開了……雯雯，妳先出去，快……」

伴隨著一個聽了就很欠打的聲音，一道白影從裂縫中竄出。緊跟著，又是撲通一聲，一個黑影也掉了出來，重重地摔到草地上。

長長的頭髮，一道傷疤斜貫右眼。

「總算是出來了。」穆方躺在草地上，大口大口地喘著氣。「我發誓，這是最後一次進忠哥的黑獄結界，以後再也不上當了。」

「我覺得裡面很好啊。」雯雯邁著貓步，走到穆方大腿處趴下，舔了舔爪子：「在裡面待這幾天，感覺很舒服呢。」

「廢話，你們倆都是妖靈，一個陣營的。」穆方強撐著坐起來，指了指自己的鼻子：「而且我們的待遇一樣嗎？妳是在裡面睡覺，我可是被虐待啊！」

正抱怨的時候，夜空中突然劃過一道烏芒，一隻漆黑的烏鴉落到了旁邊的樹上。

「臭小子，你對我的安排有意見嗎？」

穆方一骨碌爬了起來，滿臉堆笑：「忠哥，你來得真快啊。我怎麼敢對您有意見呢，我這是好幾天沒見面，在想你嘛。」

這話倒也不全是馬屁，穆方是真有些想李文忠了。

這次李文忠沒有陪著，教了滅道之二的法門後就離開了結界，走前設下禁制，穆方熟練掌握了滅道之二，便可以自行打開結界。

穆方起初還挺高興，覺得終於不用像上次一樣被虐了。可萬萬沒想到，李文忠自己不在，卻留了一個幻象在裡面，給穆方當陪練。

李文忠在的時候，還能酌情讓穆方休息一下，可幻象只有本能，除了固定的睡覺時間，其他時候根本不休息，把穆方操得死去活來。

「行了行了，肉麻的話留著和你師父說。」李文忠打斷道：「這幾天我一直跟著那些除靈師，發現他們好像不急於尋找司馬烈，反而有守株待兔的意思。如果所料不差，司馬烈應該有東西在他們手上。」

穆方收起了戲玩的心態，皺著眉頭思索了下：「九靈篡命圖不就是需要靈體嗎？難道那些除靈師封印著合適的惡靈？」

「不是沒可能，但也不好說。」李文忠道：「我不方便和那些除靈師見面，你尋個機會，從側面探一探他們的口風。不管那些除靈師有什麼，我們都要了解個大概。」

「沒問題。」穆方思索道：「晚點我會聯繫陳清雅。」

「對了，還有件事。」李文忠看了雯雯一眼：「我讓這小傢伙跟你一起進結界，是有原因的。」

穆方嘿嘿一笑：「忠哥，我知道，你是幫雯雯啊。在結界這幾天，她已經完全恢復了。」

「並沒有完全恢復，除非進入靈界，否則她損失的靈力是補不回來的。」李文忠道：「我只是利用結界，把我的靈力分給了她一部分。這部分靈力她可以使用，但並不能修補精元。」

「噢，那也謝謝忠哥了。」穆方難掩失望。

雯雯眨了眨眼，似乎察覺到了些別的東西：「換個說法的話，是不是就算把你那些靈力用掉，也不會損害我的精元？」

「妳比這小子聰明多了。」李文忠點了點頭：「這也是我的最終目的，這次事件非同小可，或許會需要妳的戰力。」

「我反對！」穆方本就不想雯雯繼續介入，又怎會同意李文忠的意見。

「忠哥，你和師父那麼厲害，直接出手把司馬烈搞定不就完了嗎？」穆方頗有幾分怨念：「這又不是送信。」

李文忠嘆了口氣，從樹上飛落下來。

「老實告訴你吧。」李文忠頓了一會，緩緩開口說道：「我和大人，並不能算是這一界的存在。大人以郵差身分方能行走人間，我則是以烏鴉型態蒙蔽天機，雖然可以使用一部分力量，卻有著不能碰觸的警戒線，一旦超過，便會被天道察覺，把我們強行送回靈界。要是能自由地使用力量，小小的陣師又有何懼？」

穆方遲疑了下，問道：「忠哥，有件事我早就想問了，你和師父到底是什麼人？」

拜老薛為師時，穆方只當師父是個通靈者，就像陳天明、陳清雅他們那樣。可隨著時間推移，他漸漸感覺似乎沒那麼簡單。比如說過年那次，老薛召喚出靈界影像，絕不是尋常通靈者能做到的。哪怕是李文忠，也絕非尋常妖靈。

今天李文忠突然說了這樣的話，無疑是佐證了穆方的猜測。

「我只能告訴你，我們是靈界之人。」李文忠回答。

「也就是說……」穆方遲疑道：「你和師父……都是已經、都是已經死過一次……是吧？」

「可以這麼說，但和尋常靈體並不相同。」李文忠道：「從某種角度說，靈界和人間界的本質是相同的，只是存在形式不同。將來若是有機會，可以帶你去看看。」

「不用了。」穆方腦袋搖得跟撥浪鼓似的。

活得好好的，去那種地方做什麼？不去，絕對不去！

「告訴你這些，是想讓你認識到這次事件的嚴重性。」李文忠聲音很嚴肅：「現在你該明白，就算大人來得及趕到，我們也不能全力出手。不管對手是誰，你和雯雯都是最主要的戰力。」

穆方瞄了雯雯一眼，微微點了點頭：「我一定可以戰勝他。就算不依靠雯雯，也一定可以！」

「你有這個信心便好。」李文忠抖了抖翅膀，一個背包突然從空中落下：「這裡都是你的東西，全都收好。我繼續去監視那些除靈師，有什麼情況會再聯繫你。」

穆方拉開背包看了一眼，都是自己之前做任務得到的靈棗、靈燭、捆靈索等物。

李文忠展翅飛走，穆方帶著雯雯，心事重重地走出公園。

之前他很樂觀，以為等師父和李文忠一到，把司馬烈找出來制伏就萬事大吉，可現在看來是不可能那麼輕鬆了。實在不行的話，還真必須借用那些除靈師的力量。

石坪市的夜晚頗為繁華，雖然是深夜，但路邊街角也有賣消夜的燒烤攤。

穆方在公園附近找了個攤位，要了幾十串肉、一瓶啤酒，一邊吃著，一邊思索對付司馬烈的辦法。雯雯不用吃東西，百無聊賴地趴在穆方旁的小凳子上。

突然，雯雯耳朵一立，猛地站了起來，後背弓起，死死盯向街道對面。

「怎麼了？」穆方咬著肉串，轉頭看去。

這一看不要緊，差點把肉串的竹籤捅到嘴裡。

一個穿著風衣、戴著口罩墨鏡的男人，從街道對面走過，穆方看見他時，那人剛剛好拐進一個小巷子。

「老闆，結帳。」

穆方丟下幾張鈔票，飛身站起。

穆方穿過街道，跑到巷子口，悄悄地探出半個頭，向裡面察看。雯雯向上一躥，跳到穆方肩頭。

那個戴口罩的男人，正緩慢地走向巷子深處。

「是他嗎？」穆方側頭問。

口罩墨鏡誰都能買，穆方也不敢確定是不是有哪個神經病在這撞衫。

「氣味沒錯。」雯雯給出了答案。

「該死，現在怎麼聯繫忠哥啊！」穆方很是懊惱。

之前和司馬烈交過手，領教了對方的實力，李文忠又再三警告，穆方就算再傻，也不會腦袋一熱就往前衝。

穆方思索了下，向雯雯問道：「如果在視線範圍之外，妳能聞到他的氣味嗎？」

「怎麼可能聞得到，我是貓誒，又不是狗。」雯雯白了穆方一眼：「不過夜晚很安靜，可以聽他的腳步聲追蹤。」

「也可以。我們跟上去，看看能不能摸清他的住所。」穆方躡手躡腳地跟了上去。

天上雖然有月亮，但巷子裡沒有路燈，穆方又刻意保持了很遠的距離，基本看不到對方的身影。雯雯閉著眼睛，耳朵一動一動，小聲地彙報著方位。一人一貓就這樣配合著，展開了追蹤。

穿過一條巷子，進了一個社區，又繞過兩棟公寓。

「等一下。」雯雯睜開眼睛。「沒聲音了，好像站在原地不動了。」

穆方向前面看了一眼，問道：「是前面那棟樓嗎？」

雯雯點頭：「轉角的位置。」

「也許他就住在這，現在正觀察四周呢。」穆方俯下身子：「沒關係，在這耐心等，咱們有的是時間。」

突然，一個略帶幾分戲謔的聲音從穆方身後響起。

「我怕你沒那麼多時間可以浪費。」

這個聲音，穆方和雯雯都不陌生。

司馬烈！

「靈目，開！」

穆方猛然回頭，兩手結印。

雯雯也喵嗚一聲，從穆方的肩頭跳下，身上散發出一層火焰似的淡淡氣流。

「別那麼緊張，今天我不打算動手。」司馬烈將墨鏡和口罩摘下。

之前穆方見過司馬烈，兩鬢斑白的老教授，可是現在露出的這張臉，卻是一張英俊的中年男人面孔，鼻梁高挺，兩眼炯炯有神，看上去頂多三、四十歲，與司馬山明頗有幾分相似，但若是論起俊美程度，司馬山明遠遠不及。

「你是誰？」穆方愣了一下。

這是司馬烈嗎？就算老教授的模樣是化妝的，也未免差太多了吧！這哪裡像是司馬山明的爺爺輩，說是他哥哥也不奇怪。

「很奇怪嗎？」司馬烈似乎猜到穆方心中所想，笑了笑：「我樣貌的問題，沒人告訴過你？」

穆方恍然，這才想起來司馬山明曾經說過，司馬烈天生童顏，四十多歲時長得還像二十初的小夥子，現在長成這個樣子倒也不奇怪。

「老妖怪。」穆方呸了一口，心中還是不免生出幾分妒忌。

一個男人，年紀還那麼大了，長這麼好看幹嘛？

「穆哥哥，就是他！」雯雯的身子突然顫抖起來。

雯雯與咪咪合體之後，對穆方一般都是大叔長大叔短的，這還是第一次用上了「哥哥」的字眼。而她身體顫抖並不是因為恐懼，而是憤怒。

看到司馬烈本來面貌的第一眼，雯雯就認出了這個人是誰——十八年前，害死蕭雯雯以及百條流浪貓的真凶！

穆方蹲下身子，撫了撫雯雯的後背，輕輕問道：「現在？」

雯雯重重地點了點頭。

「那好。」穆方站起身，目光越發銳利。

穆方本不想與司馬烈現在交手，但雯雯說現在，他就不會拒絕。

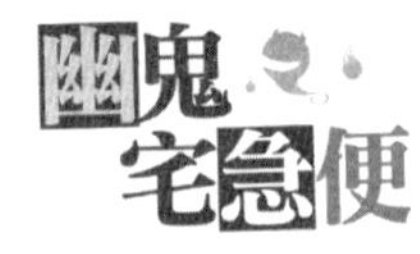

就算司馬烈上次留了一手又如何？如今雯雯可以參戰，我也有了新的招式，正好，就拿你練練手！

穆方雙手垂在身前，十指虛勾，一道道白色電流在指尖跳躍閃爍。

滅道之二……

穆方正待出手，司馬烈突然嘴唇動了一下，似乎是說了一句什麼話。

司馬烈的聲音很輕，輕到連雯雯都沒聽見說了什麼，可是穆方，卻是身子一震，愕然地看向他。

司馬烈不禁笑了。

「看來，古書上記載的那些東西，的確是真的。」

穆方臉色變了又變，突然暴怒起來。

「司馬烈，你這個混蛋！」

穆方已然怒極，身體劇烈地顫抖著，但是卻沒有出手。

他很想動手，想馬上把司馬烈碎屍萬段，但是，他又不敢動。因為就在剛剛，穆方收到了天道的任務提示。

司馬烈，申請了一個送信任務！

信件：司馬烈的眷戀。

報酬：韓青青真靈。

寄信人：司馬烈，男，五十八歲。

收信人：雲霞，二十三年遊魂，女，卒年二十八歲。

收到天道提示的第一時間，穆方除了愣住之外，只感到好笑。馬上就要開始拚命了，你這個時候找我送信？腦子有病還是怎樣？

但是，當注意到內容之後，穆方不能再保持鎮定了，甚至可以說是恐慌。

送信的報酬，竟然是真靈，韓青青的真靈！

穆方已經不是之前那個什麼都不懂的菜鳥，真靈代表著什麼，他太清楚了。

人死之後，會轉變成各種靈體，但是活人同樣有靈，真靈。

真靈和肉體相互依存，是生命之本，亦是通靈者所修靈力之源泉，所謂通靈，便是來源於此。修練至一定層次，可以做到真靈離體，但是普通人的真靈，絕不能和肉體分離，輕則神志喪失，重則身死道消。

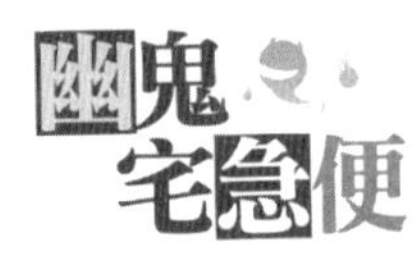

這個任務傳達給穆方的資訊只有一個——司馬烈拘拿了韓青青的真靈！

看到穆方的樣子，雯雯猜到肯定有事，連忙問道：「發生什麼了？」

穆方看了雯雯一眼，咬了咬嘴唇，又將目光轉向司馬烈，咬著牙問道：「你到底想怎樣？」

「就像你知道的那樣，我只是想送一封信。」司馬烈似笑非笑：「根據記載，三界郵差的任務受天道庇護。只要你完成，自然就會得到報酬，我就算想賴帳也賴不掉。這一點，身為郵差的你，應該比我更清楚吧。」

「你這個混蛋！」穆方五指間靈力亂竄，右眼更是紅芒連閃。

「奉勸你別衝動。」司馬烈一點緊張的情緒都沒有：「剛才忘記告訴你，今天已經是第二天了。一旦拖過七天，會發生什麼，需要我告訴你嗎？」

穆方身體又是一顫。

真靈離體，最多不能超過七天，否則真靈失去和肉身的聯繫，就會變成真正的靈體。

也就是說，死亡……

「決定了嗎？」司馬烈似乎一點也不著急，背手看著穆方。「我的任務，你接受嗎？」

你的時間，可是不多了。」

雯雯著急道：「到底怎麼了？告訴我啊！」

穆方用力地握著拳頭，指甲摳進了肉裡。當三界郵差這麼久，從來沒有一次任務讓他這樣痛苦過。

接受，便等於對雯雯、對師父和李文忠，甚至是對自己的背叛。因為三界郵差，不能對自己的客戶出手。

可要是不接受，韓青青就會死。

司馬烈害了那麼多人，又怎會在乎多害一個？

怎麼辦，我到底該怎麼辦……

穆方問著自己。

「你到底怎麼回事？那傢伙對你用了什麼陣法嗎？」雯雯沉不住氣了，身上的氣焰越來越濃，喉嚨中呼嚕作響，隨時就要向司馬烈發動攻擊。

「別。」穆方一個跨步擋到雯雯身前：「別動，先別出手。」

「為什麼？」雯雯看著穆方的眼睛。

司馬烈嘆了口氣：「看來，這個任務你是不需要了。既然這樣，那個報酬也就沒用了。」

司馬烈的意思很明顯，要麼穆方接受任務，要麼他現在就毀掉韓青青的真靈。

雖然穆方不知道司馬烈到底為什麼要他送信，但韓青青會遭遇危險，無疑是他導致的。只有接受任務，讓韓青青成為報酬，身處天道之下，才能保護她的安全。

穆方內心掙扎，痛苦地閉上了眼睛。

「雯雯，對不起。」

雯雯不明所以，剛想詢問，就見穆方猛地睜開眼睛，幾乎是撕扯著嗓子對司馬烈咆哮道。

「王八蛋，你的任務，我他媽的接了——！」

契約達成！

伴隨著一個冥冥中的聲音，血紅的詭異郵戳憑空出現，砰地印在虛空之中。

「穆方？」

雯雯呆掉了。

司馬烈哈哈大笑，手腕一翻，將一張卡片甩向穆方。

「上面有我的電話，記得打給我。」

穆方接過之後，司馬烈指訣一扣，身形消失在空氣之中。

「穆方，給我一個解釋！」雯雯看都沒再看司馬烈，憤怒地叫道：「你為什麼要接他的任務？他究竟給了你什麼報酬？你就那麼缺錢嗎！」

穆方本想張口解釋，但最終還是無力地搖了搖頭：「我是郵差，接誰的任務，是我的自由。」

「你……」雯雯體表的氣焰猛然暴漲，但抖了幾下之後，又漸漸消散。一雙明亮的眼睛，閃著晶瑩的光。

「我討厭你！」

雯雯轉身跑掉了。

穆方又一次痛苦地閉上了眼，狠狠一拳打在了自己的臉上。

嘴角溢出了血，卻感覺不到一點疼痛。

他明白，雯雯雖然很想報仇，但最在意的還是他。所以剛才，哪怕司馬烈離開，雯

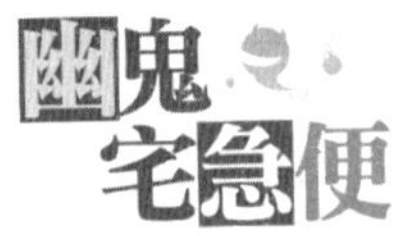

雯都沒有追擊的意圖。她想要的，只是一個解釋。

這個解釋很簡單，但穆方不能說。

司馬烈如此卑鄙，鬼知道他還會做什麼？不能再把雯雯牽扯進來了。

穆方一屁股坐到地上，過了好一會，情緒才平穩了些。

不管司馬烈打什麼算盤，韓青青的真靈一定要拿回來。

穆方努力地理順思路，回想剛才看到的任務提示。

收信人，雲霞，二十三年遊魂。

媽的，遊魂？司馬烈找遊魂做什麼！

捶了地面一拳，心中更加煩躁。

找靈體本來就不是一件容易的事，找遊魂就更是堪比大海撈針。幽魂或是惡靈，至少還能交流打聽，查到蛛絲馬跡，可是遊魂居無定所，沒有自我意識，與行屍走肉無異，怎麼找？

雲霞，雲霞……雲霞到底他媽的是誰！

03

昏迷不醒

「父親，你肯定烈叔真的是為了雲霞嗎？」

在旅館，司馬玄水坐在司馬風旁邊，皺著眉頭。「當年因為那件事，大哥靈力盡失，十餘子弟喪生。哪怕是烈叔自己，也真靈受損。雖然他現在成為陣師，但我想他的修為並沒有恢復，就算真的謀劃什麼，也應該先修復真靈才對。」

「別人或許會像你說的，但是阿烈，絕對不會。」司馬風幽幽嘆了口氣：「他對雲霞的感情，不是你能明白的。」

「我是真的很難明白。」司馬玄水頗為無奈：「當年雲霞姐新亡，以禁忌之法或許還能將其拉回陽世，可現在都過去二十多年了，雲霞姐又是一介遊魂，就算想做什麼也不可能啊。」

「這方面的事情，他懂的比我們多。」司馬風憂心忡忡道：「現在他成了陣師，以邪法煉惡靈，說明他肯定已經掌握了什麼東西。不管那東西是什麼，我們都要不惜一切代價阻止。我總有一種不好的預感，這次他搞的事情，怕是比當年還大。」

司馬玄水遲疑了下，道：「陳家的女孩倒是提到一個『九靈篡命圖』，可是這東西我聽都沒聽說過。」

「九靈篡命圖，是清雅從穆方嘴裡聽到的。」司馬風思索道：「如果那年輕人真是記載中的三界郵差，或許會知道我們不知道的事。」

司馬玄水臉上頓時浮現厭煩之色：「父親，那小子的確實力不錯，但他嘴裡的話，我不覺得有太多參考價值。三界郵差是他自己說的，我們根本沒辦法證實。」

「穆方的事不重要，關鍵是阿烈。」司馬風嘆了口氣：「算了，不管阿烈在謀劃什麼，雲霞的遊魂都是必須之物。只要我們把握住這張王牌，就能立於不敗之地。」

「父親，你把雲霞姐的遊魂藏哪了？」司馬玄水有些好奇：「這次來石坪，你應該帶來了吧。」

司馬風只是笑了笑，沒有作聲。

穆方一整夜都沒有睡，開著靈目走在大街上，沒頭沒腦地亂逛，看到遊魂，就會過去確認。他很清楚，這樣瞎找不可能找到雲霞，對方甚至都不一定在石坪市，可是如果不做點什麼的話，他覺得自己會崩潰。

認識韓青青這麼久，雖然交情還算不錯，但穆方從沒意識到自己竟然會這麼在意她

——那個古靈精怪、一口一個老娘、動不動就數落他的暴力狂。

早上，街道上的車輛和行人漸漸多了起來，有上班的、有晨起運動的，穆方在街邊隨便找了個石凳坐下，兩眼無神地看著車水馬龍的街道。

不知過了多久，穆方突然被手機鈴聲吵醒。

這麼早，誰會打電話給我？忠哥嗎？

穆方拿出手機看了一眼，身子劇烈地一顫。

來電號碼，韓青青！

難道，難道……

雖然覺得可能性很低，但穆方心中還是生出一絲希望，哆哆嗦嗦地按下接聽鍵，將手機放到耳邊。

「喂……」穆方的聲音有些發顫。

「穆方嗎？我是賀青山。」電話另一端，是略帶幾分嘶啞的男聲。

「噢，山哥啊。」穆方自嘲地笑了下。

早該知道的，天道不會騙人，韓青青的真靈在司馬烈手上，又怎麼會打電話給自己？

「山哥，你怎麼用青青的電話打給我？」穆方冷靜了一些。

「青青的電話丟了，我下面的兄弟剛找回來。」賀青山的聲音頗為沉重：「通話紀錄最後幾個電話，都是打給你的，所以我想，應該和你說一聲……」

穆方的手又是一顫：「山哥，到底發生了什麼？」

雖然事情已經發生了，但他還是想弄清楚到底是怎麼回事。韓青青在黑水好好的，怎麼就會被司馬烈拘拿了真靈？

「你別著急，聽我慢慢說……」賀青山在電話中，一五一十地將事情說了一遍。

最早，是有人發現韓青青暈倒在馬路邊，便打電話叫了救護車，醫院藉由她身上的學生證找到校方，學校又聯繫了韓立軍。

韓青青身體一直很好，很少生病，韓立軍出於職業習慣，懷疑是有人報復他，才對她下手。可是查了韓青青暈倒路段的監視畫面，並未發現任何可疑人物，只是她當時的表現有些奇怪。

當時韓青青好像在對著空氣說話，然後突然轉身就跑，沒跑兩步又暈倒在地，手機也掉了。救護車來救人的時候，沒注意到角落處的手機，後來被路人撿走了，是賀青山動用自己的勢力，才把手機找了回來。

賀青山最後說道：「醫院查不出青青暈倒的原因，只推斷是腦部出了問題，師父聯繫了最好的腦科專家，連夜帶著青青到了石坪。」

「石坪？已經到了嗎？」穆方一下子站了起來：「山哥，哪家醫院？」

穆方趕到醫院，找到韓青青病房時，韓立軍剛剛辦好入院手續。穆方跑得飛快，差點在病房門口和韓立軍撞到一起。

「你怎麼來了？」韓立軍神色憔悴，好像一夜間老了好幾歲。

「是山哥打的電話。」穆方咬了咬嘴唇。「韓叔，對不起。」

看到韓立軍，穆方心中湧現愧疚。如果不是自己的話，司馬烈絕不會對韓青青下手。

「混小子，跟我道哪門子歉？」韓立軍莫名其妙，問道：「你什麼時候到石坪的？」

「我有些事，這些天一直在石坪。」穆方猶豫了下，問道：「我能進去看看嗎？」

韓立軍瞅了瞅穆方，推開房門，讓出通道。

「謝謝韓叔。」穆方感激地點了點頭，邁步進了病房。

韓青青靜靜躺在床上，手臂上、頭上，黏著許多線，連接到床兩側的儀器上，還吊著兩個點滴瓶。

看著韓青青那白皙的面龐、緊閉的雙眼，穆方心如刀絞。

「你別擔心，醫生已經看過了。」韓立軍跟進病房，嘆了口氣：「總體情況還算樂觀，身體各方面機能都很正常，暫時沒有生命危險。只是不知道，什麼時候能醒過來。」

穆方聽了不禁握緊了拳頭。

身體當然不會有問題，韓青青沒有生病，而是被人攝取了真靈。現在的確不會有生命危險，可是再過五天……

不，不能再拖了，沒時間了！

「韓叔！」穆方堅定道：「我一定會救青青。」

言罷，在韓立軍愕然的目光中，穆方大步跑出了病房。

跑出醫院大樓，到了停車場無人處，穆方翻出司馬烈所留電話，拿出手機直接撥了過去。

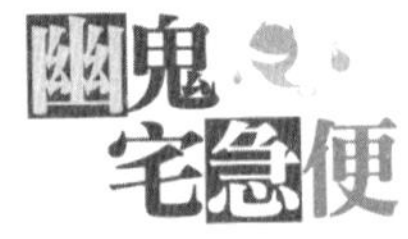

接通之後，穆方劈頭便道：「你讓我送信找人，可以，但是你必須讓我先見到韓青青的真靈。」

電話另一端安靜了一會，司馬烈的聲音慢悠悠響起。

「你是郵差，應該知道我說的不是謊話。」

穆方態度很堅決：「我並沒有說你撒謊，我只說要見韓青青的真靈！」

司馬烈又沉默了一會，才回道：「還記得封禁高琳娜的那座石塔嗎？一個小時後，我們在那裡見。」

半個多小時，穆方就趕到了公園石塔，到了頂層，發現司馬烈早已經等在了那裡。這次司馬烈沒再穿他那身「套裝」，而是很普通的長褲短袖。

「你還真是心急。」司馬烈似乎並不意外穆方來得這麼早。

「我要見青青！」穆方開門見山。

司馬烈嘴角微微一挑，單手掐了個指訣。嗡的一聲，四周空氣一陣扭曲，與此同時，穆方也開了靈目。

在扭曲的光線當中，韓青青的身形漸漸出現，雙目微閉。

「青青……」穆方向前邁半步。

韓青青迷迷糊糊睜開眼，好像剛剛睡醒一樣，看到穆方愣了下，隨即眼睛就瞪圓了。

「嘿，你這混蛋，老娘找了你多久你知不知道！」韓青青大步走到近前，往穆方胸口上一捶：「你還真行，竟然真的……誒？」

韓青青拳頭沒有接觸到穆方的胸口，而是徑直穿了過去。

「你變的是什麼魔術？」韓青青沒好氣道：「趁老娘發火前，趕緊給我恢復。」

穆方也愣了。

他現在開啟靈目，理論上可以和任何靈體接觸，即便真靈也是一樣。

「你做了什麼？」穆方將頭轉向司馬烈，一臉的憤怒。

「你該不會真的以為，我會蠢到把那小女孩的真靈帶來吧？」司馬烈玩味道：「這只是個投影，韓青青的真靈在另外一個地方。雖然在記載中，三界郵差必須信守承諾，但我也不敢保證，你不會腦子一熱，沒等完成送信任務，就先出手搶奪『報酬』。」

狡猾的傢伙！

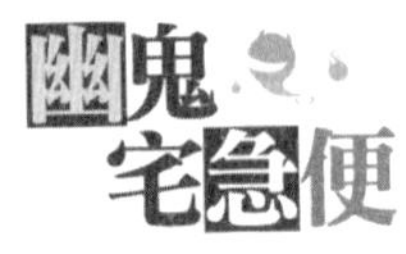

穆方狠狠瞪著司馬烈。

不能否認，他的確有這種想法，但也知道這種想法不太可能成真。只要接了任務，韓青青的真靈就等於落到了天道的掌控之下，無論是穆方想強行帶走，還是司馬烈意圖加害，都不可能做到。

不過，穆方並沒有揭穿這一點。

韓青青也看到了司馬烈，愣了一會兒後，突然恍然想起什麼似的。

「差點忘了！」韓青青大叫：「就是你這個傢伙偷襲我……穆方，替我揍他！」

「青青，妳聽我說。」穆方按捺住情緒，簡明概要地將真靈，以及現在面臨的情況向韓青青說了一遍。

韓青青大概聽明白了，但也有點糊塗，問道：「你的意思是，我現在和當時的高琳娜，大致上是一樣的了？」

「差不多，但不完全一樣。」穆方道：「真靈離體後，七天內不回歸肉身，才會變成真正的靈體。現在已經過去兩天，妳還有五天時間。」

「噢……」韓青青眨了眨眼，似乎在消化這些資訊。

穆方緊握著拳頭，認真道：「妳放心，五天之內，我一定會救妳，我發誓。」

韓青青看了看穆方，突然噗嗤一聲笑了。

「我說，你別這麼肉麻好不好，我雞皮疙瘩都快起來了。」

穆方急了：「我是說真的，沒心情和妳開玩笑。」

「好啦好啦，總之我信你就是了。」韓青青摸了摸自己的手臂，又捏了捏臉，笑嘻嘻道：「現在這樣也不錯，剛好可以了解下靈的世界。這種體驗，可不是人人都有呢。」

「哎，我說妳……」穆方真是無語了。

「還愣在這幹嘛！」韓青青突然瞪眼道：「你剛不是說老娘只有五天能活了，還不趕緊去找那個什麼雲霞？老娘只想體驗幾天當靈的日子，可沒說要這樣一輩子！」

穆方幽怨地看了韓青青一眼，突然覺得這大小姐很懂得怎樣打擊別人積極性。本來是生死攸關的事，讓她這麼一鬧，一點緊張氛圍都沒了。

「我不會拖太久的。」穆方再次做了保證，將目光轉向司馬烈：「你讓我找人，最起碼也該給我一些相關的資料。三界郵差不是萬能的，同樣需要調查。」

司馬烈淡然道：「你不是認識陳天明的女兒嗎？問她就好了。雲霞的事情，並不是祕密。」

穆方遲疑了下，沒再說話，將目光又轉向韓青青。

韓青青不耐煩地揮了揮手：「還看我幹嘛，還不快點去。」

「保重。」穆方轉身，大步流星下了石塔。

望著穆方離開，韓青青的表情漸漸沉靜了下來。

司馬烈歪頭看了看，笑道：「雖然我不知道妳和穆方說了什麼，但也能看得出來。妳應該是怕他擔心，才故意做出一副輕鬆的樣子吧。」

真靈雖然和一般靈體有別，但同樣屬於「靈」的範疇，所以即便韓青青的真靈是司馬烈所攝，他也無法做到像穆方那樣和靈交流。

韓青青同樣不知道司馬烈說什麼，只用兩個大白眼球狠狠地瞪了過去，隨後又將視線轉向穆方離開的方向。

真是的，老娘現在都成鬼了，為什麼不擔心自己，反而更惦記那個臭傢伙呢？又不是喜歡他……

剛這麼一想，韓青青又用力搖了搖頭。

呿，怎麼可能，喜歡誰都不會喜歡那個流氓啊。肯定不會的，一定不會！

穆方離開石塔後，立刻打電話給陳清雅，不過並沒有在電話裡直接說，而是把人約到咖啡廳。

「呦，太陽從西邊出來了。」

陳清雅一進咖啡廳，就看到穆方對她招手，走到桌前坐下後，上來調侃了一句。

穆方沒吭聲，直接從懷裡掏出一把東西，放到了桌子上。

陳清雅仔細一看，驚訝得睜大了眼睛。

靈棗，而且是整整一把，足有十多顆！

「就知道你還有存貨！」陳清雅一把將靈棗攬到近前，迅速拿出手機，高興道：「我這就叫我爸匯款給你，可不許坐地起價哦。」

穆方搖了搖頭：「這些不要錢，送妳。」

正準備撥號的陳清雅，手指頓時停住了，愕然地看向穆方：「你這個死愛錢的，什麼時候這麼大方了？」

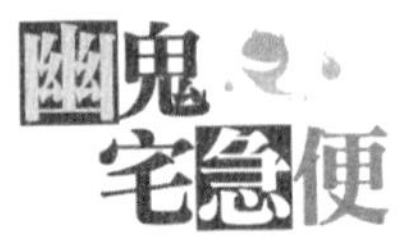

「有事跟妳打聽。」穆方道：「只要妳幫我，靈棗還有。」

「那我得先聽聽了。」陳清雅嬉笑道：「這麼大的手筆，事情恐怕不簡單吧？」

「不複雜，只是打聽一個人。」穆方頓了一下：「雲霞，妳認識嗎？」

陳清雅的笑容僵住了，抱著靈棗的手也緩緩離開，身子靠到了沙發背上。

「你是從哪聽到這名字的？」陳清雅臉上沒了表情。

「看來妳是知道的。」穆方又掏出一把靈棗放到桌子上：「麻煩妳。」

陳清雅看都沒看那些靈棗，直接站了起來。「我不管是誰和你說了這個名字，但我奉勸你一句，不要再向任何人打聽，尤其是司馬家的人。」

陳清雅作勢要走，穆方身子前傾，一把抓住她的手腕。

「你……」陳清雅正待發作，突然看到穆方的眼睛，不禁一愣。

兩隻眼睛都紅紅的，似乎還有淚花閃動。

「穆、穆方？」陳清雅從來沒見過他這個樣子，一時有些不知所措：「你到底怎麼了？」

陳清雅又坐了回去，默默地看著穆方，過了老半天，兩個人都沒說話。

「你到底說不說？不說我走了！」

「等等！」穆方雙手交握放在桌上，猶豫不安的樣子：「我接了一個任務，是送信給雲霞。」

「送信給雲霞？」陳清雅愣了愣：「是誰？」

「對不起，這個我不能說。」穆方誠懇道：「但這個任務對我真的很重要，所以我希望妳能幫我。如果那些靈棗不夠的話，妳想要什麼就提，我會想辦法。」

陳清雅盯著他的眼睛，過了好一會，才無奈道：「就當還你人情，我可以把知道的告訴你。不過有一點，這件事你不能告訴任何人。」

穆方豎起手指：「我發誓。」

「沒必要，你我都知道發誓沒用，記得自己的承諾便好。」陳清雅頓了頓，慢悠悠地開口道：「雲霞，是司馬家的外姓子弟。她的師父，是司馬烈。」

穆方手一抖，深深吸了一口氣：「說下去。」

「我知道的也不多，只能說個大概。」陳清雅嘆道：「據父親說，烈爺爺當年癡迷陣法，脾氣古怪，只收了雲霞這麼一個關門弟子。後來雲霞因病去世，烈爺爺企圖逆轉

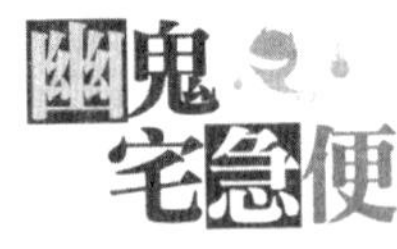

陰陽，以禁忌之法救活她，後來陣法失敗，還傷及他人。烈爺爺因為這件事，被驅逐出司馬世家。」

穆方等了一會，見陳清雅不再說話，奇怪道：「後面呢？」

「什麼後面？你還想聽什麼？」陳清雅喝了口水。

穆方很失望：「只有這些啊。」

「就這些，我還是偶然偷聽來的。雖然不知道詳情，但能肯定當年那件事影響非常大。」陳清雅慎重道：「直到現在，也沒人敢當著司馬家人的面隨便提起這件事。以前我問過父親，就被他罵了一頓，如果你不是送信給雲霞，我才不會說呢。」

「這事算是我欠妳的。」穆方沉吟片刻，又問：「那妳知不知道，雲霞的靈後來怎樣了？」

「那就不好說了。」陳清雅搖了搖頭：「當年烈爺爺以禁忌之法救人，雲霞的魂靈肯定是在他的手上。可是後來失敗，他又被驅逐，我想，如果雲霞的靈還在的話，要麼不知所蹤，要麼在風爺爺手上吧。」

司馬風嗎？

穆方皺了下眉頭：「風前輩會告訴我嗎？」

「當然不會。」陳清雅沒好氣道：「而且以風爺爺的身分和脾氣，他大概連見都不會見你。」

穆方的眉頭，皺得更緊了。

說完雲霞的事情後，陳清雅沒坐太久，也沒拿穆方的靈棗，只再三提醒保密。她走後，穆方自己又在咖啡廳坐了一會，思索下一步的打算。

雖然陳清雅說的故事不長，但隱含的訊息卻是不少。

當年司馬烈不惜和家族鬧翻，也企圖復活雲霞，現在搞個九靈篡命圖，會不會還是那個想法？

除靈師能夠拘禁靈體，如果雲霞真的在司馬風手上，那這封信送起來可就難了。

上次穆方和除靈師們會面，主要是司馬玄水和陳天明開口，司馬風從始至終都沒怎麼說話，完全是封建老家長的作風。就算陳清雅不提醒，穆方也知道司馬風多半不會鳥自己。

來軟的行不通，來硬的同樣是希望渺茫。

司馬風非常強，據說是五個最強的除靈師之一，號稱什麼「五靈王」。聚靈境的實力，比穆方二段開眼時還厲害。

他懷疑，司馬烈或許正是知道雲霞的靈在司馬風手上，沒把握去搶，才找他送信當砲灰。

不管軟硬都行不通，到底該怎麼辦？

在咖啡廳坐了老久，穆方也沒想到好的應對辦法，情緒反而更加焦躁，最後在服務員的詢問下，起身結帳離開。

本想閒晃一會冷靜腦子，可剛走出去沒多遠，他就感覺有點不對勁。在身後，似乎有人跟蹤。

穆方刻意放慢步伐，藉著街邊的櫥窗玻璃，側眼向後方觀察。

兩個穿著休閒服的年輕人，不緊不慢地跟在後面。兩個人都是中等身材，年紀二十歲上下，一個戴著眼鏡，略顯斯文；另一個身材敦實，孔武有力。

他皺了皺眉，快走了幾步，後面的兩人也跟著加快了速度。

還真是被人盯上了。

穆方有幾分惱火。

現在石坪市的通靈者不少，基本上不是司馬家就是陳家。現在我還沒去招惹你們呢，跟在屁股後面作什麼？

媽的，今天算你們倒楣。

他心裡正有氣，發現被人跟蹤更是不爽，略一思索，向前面張望了下，故意往僻靜之處走去。

穆方拐進一條小巷子，兩個年輕人緊跟不捨，他三繞兩繞，在一個轉角處突然加速快跑了兩步。

兩名年輕人連忙跟了上去，只是到轉角後，再也不見半個人影。

「可惡，他一定發現我們了。」戴眼鏡的斯文年輕人顯得很懊惱。

「發現又怎麼樣，找出來！」敦實的年輕人忿忿道：「敢打清雅的主意，就算不教訓一頓，也得先查清底細不可。」

戴眼鏡的叫張宏，另一個叫劉武，都是陳家的外姓子弟，之所以跟著穆方，和司馬

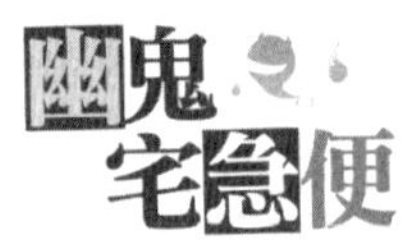

烈完全無關，而是因為陳清雅。

除靈師因為職業關係，另一半通常不會是普通人。

而在除靈師當中，女性的比例非常低，陳清雅這種有本事又漂亮的，更是少之又少。陳家一直想撮合陳清雅和司馬山明，讓陳家的年輕小伙子們頗為不快，但對方畢竟是司馬家的未來家主，也不好說什麼。

可司馬山明和陳清雅卻讓雙方家長很失望，雖然兩人關係不錯，可就是死活不來電。兩家與時俱進，不好強迫他們，這件事只好暫時擱置，如此一來，陳家其他子弟的機會就來了。

這次到石坪，張宏和劉武是好不容易爭取到的，為的就是和陳清雅多多相處。兩個人也商量好了，大家同門，公平競爭。陳清雅外出，他們一直在後面跟著，想找機會製造偶遇。

結果哪想到，沒等偶遇，突然冒出一個外人來。

除了司馬山明，陳清雅什麼時候和其他年輕男人一起吃過飯？這個人不僅堂而皇之地約陳清雅進咖啡廳，人家想走的時候，他還敢強拉！

那日穆方和司馬風等人見面，只有兩家的長輩在場，張宏、劉武這些後輩沒資格參與，所以不認得穆方，不過對他們來說，認不認識都無所謂，只要敢打陳清雅主意，那就是敵人！

他們順著巷子往裡搜尋，正在偵查時，突然感覺頭頂有東西砸下來。

兩人反應很快，伸手一抓，感覺是幾塊布。再一細看，臉頓時漲得通紅。

哪是什麼布，分明是女人的內衣內褲！

抬頭再看，穆方從牆頭上正歪歪扭扭地狂奔，一邊跑，還一邊對他們喊：「快跑啊，追來了，快跑！」

「該死的混蛋！」二人大怒，劉武更是罵出聲來。

這個混球，竟然用女人的東西來襲擊他們，真是可惡至極。怒到極點的二人，根本沒去深想穆方喊的是什麼，全當是調侃他們兩人。

「有本事站住！」

「別跑！」

兩人邁步就追，剛跑了幾步，就聽得後面傳來一陣雜亂的腳步聲響，同時有人大吼。

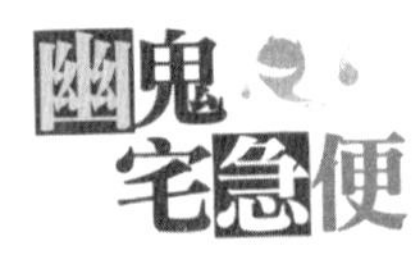

「幹你大爺的，竟然還有同夥？一個都別想跑！」

「那小子抓不到了，先堵住他的同夥……」

張宏和劉武有點傻眼。

怎麼回事？好像還有人幫他們追似的。

回頭一看，從巷子另一邊忽地衝出一群人，年紀不大，臉上帶著書卷氣，像是大學生。有的人空手，也有人拿著掃帚、球棒。

除了巷子裡，還有好多人正從牆頭上翻過來。

劉武有些發懵，對張宏問道：「你認識？」

「怎麼可能？」張宏也是滿頭霧水。

正迷糊的時候，前面的巷子岔口也衝出一群人，把張宏和劉武夾在了中間。

「你們跑錯方向了，另一邊！」劉武大喊。

不管這些幫手是從哪冒出來的，他覺得還是有必要提醒下。

張宏卻已經察覺出不對：「這些人……好像是衝我們來？」

「怎麼可……哎呦……」劉武話還沒說完，一塊石頭就丟了過來。

「媽的，敢偷我女神的內衣！」

「打死這些內衣賊……」

呼啦一下，憤怒的人群瞬間就將他們淹沒了。

能被選中來到石坪市，張宏和劉武都靈力不俗，拳腳功夫也有，但他們是除靈師，不是除人師，有再多手段也不能對普通人出手。

在被毆打的過程中，聽著那些人的喝罵，兩個人總算明白了怎麼回事。

打他們的這些人全是大學生，學校就在這條巷子隔壁，最靠邊的幾棟樓是女生宿舍，正前方是一片操場。就在剛剛，一個內衣賊衝到女生宿舍樓下，把所有晾在窗外的內衣全都搶走了。

這個月是暑假，大多數學校都沒什麼學生，偏偏這所學校正在籌備百年校慶，內衣賊搶內衣的時候，很多學生正在操場上排練。

大學生正是血氣方剛的年紀，一看有人在他們眼皮子底下幹這種齷齪事，沒等老師動員，就自動地展開追捕。

內衣賊跑得很快，他們沒追上，但是看到了張宏和劉武這兩個「同夥」，自然不能放過。

弄清了原委，張宏和劉武身上的疼，遠沒有內心更加痛楚。

現在他們總算明白，穆方逃跑時為什麼那麼喊了。

悲憤的二人被狂毆了十多分鐘，總算找到機會衝出重圍，等擺脫大學生們的追殺時，早已是狼狽不堪，臉上青一塊紫一塊，身上衣服也都破了，要多淒慘有多淒慘。

正當二人彼此攙扶著，打算叫輛車去醫院時，一個聲音突然在不遠處響起。

「兩位本事不錯，我還以為你們跑不出來呢。」

兩人頓時一個激靈，還以為是大學生又追來了，扭頭一看，才發現對方是一個人，靠在對面路邊樹上看著他們。

待看清那人的長相，眼睛都氣紅了。

穆方！

他們不知道穆方是誰，但這張臉足夠他們記一輩子。

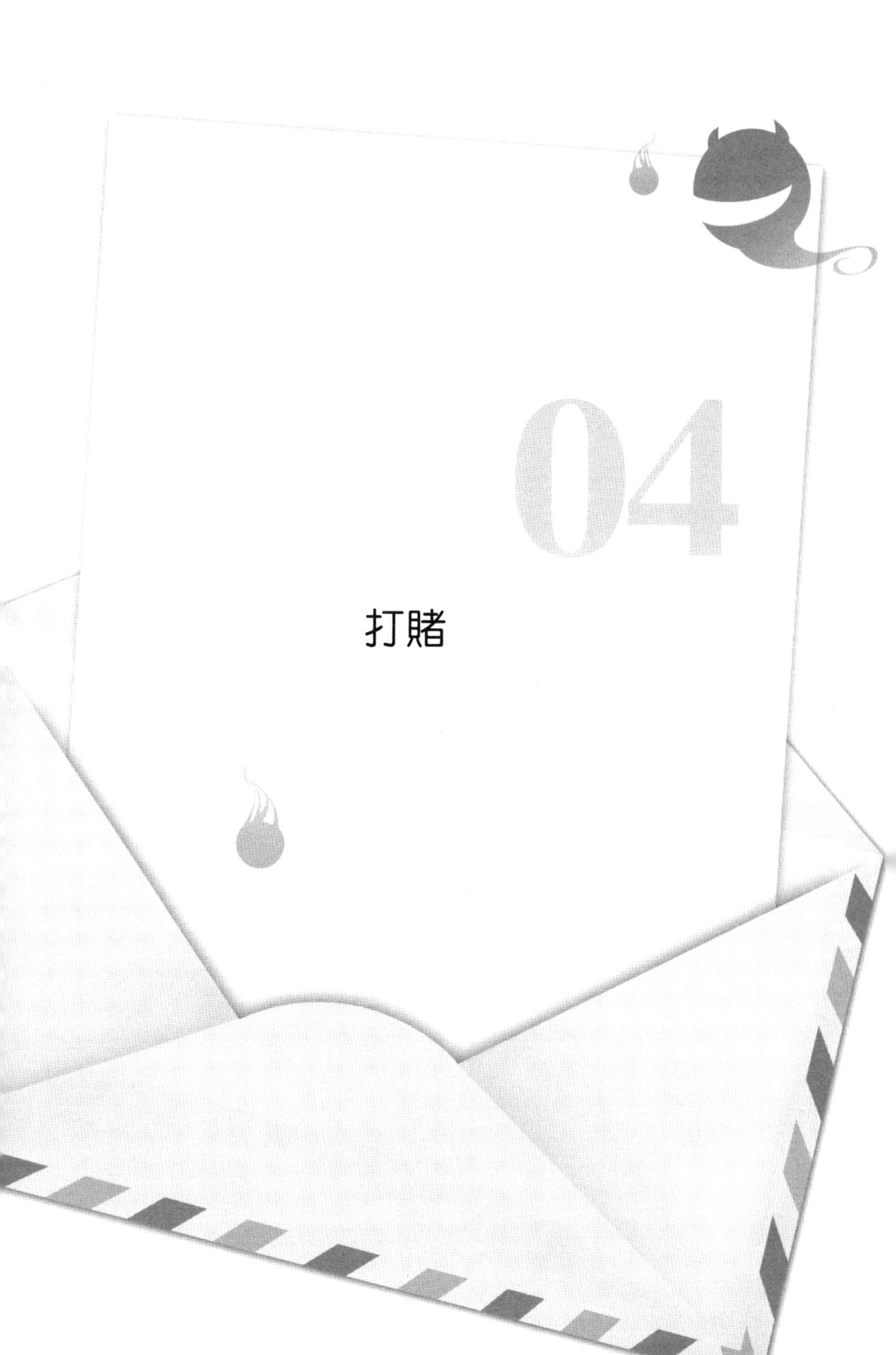

04

打賭

張宏和劉武本來身上已經疼痛難忍，站立都很勉強，可看到穆方站在這，瞬間狀態全滿，嗷嗷大叫著朝穆方撲了過來。

路上車來車往，這兩人都絲毫不管，一時間，刺耳的剎車聲此起彼落，一群司機搖下車窗破口大罵。

不過他們眼裡已經沒別人了，直盯著穆方撲過去。

要是正常交手，穆方不開靈目，還真沒把握放倒這兩人，可是現在……

他輕鬆地鬆了鬆手腕，準備教訓教訓兩個殘血的倒楣蛋，然後再拷問他們為什麼跟蹤自己。

「張宏、劉武，給我住手！」

一輛停下的轎車裡，又傳出一聲喝斥。

聽到這個聲音，張宏和劉武同時一激靈，迅速止住步伐。

車門一開，陳天明從副駕駛座走了下來，司機也推開車門，是司馬玄水。

「師父，玄水叔……」張宏和劉武慌忙見禮。

一看是這兩個人，以及雙方的稱呼，穆方的臉頓時沉了下去。還真沒猜錯，小的還沒打發掉，又來了老的。

但他其實猜錯了。

張宏、劉武跟著他是因為吃醋，而陳天明和司馬玄水出現則是恰好，他們甚至沒看到穆方。

這二人剛剛去調查司馬烈的學校以及住處，正要驅車返回旅館，突然遇到兩個瘋子橫穿馬路，等停下車後才發現，瘋子竟然是張宏和劉武。

「你們兩個兔崽子，在這發什麼瘋！」陳天明氣得臉色鐵青。

這兩人一看就知道是和人打架了，而且絕對不是和靈體，就算碰上再如何凶惡的惡靈，也沒見哪個除靈師被打得鼻青臉腫過。至於司馬烈，那就更不可能了。司馬烈要真下這麼狠的手，他們哪裡還有命在。

堂堂陳家子弟，被人打成這個德行已經夠丟人了，竟然還在馬路上瘋瘋癲癲。

「師父……」張宏、劉武戰戰兢兢。

這時，穆方擺了擺手，從路邊走了過來：「陳先生，玄水先生。」

「穆方？」

「是你？」

陳天明和司馬玄水一愣，難道是和穆方起了衝突？

馬路上的車越堵越多，很快會有警察過來，陳天明冷著臉對穆方道：「上車，我們換個地方。」

通靈者之間無論發生什麼糾紛，都不會驚動世俗，穆方對此也很清楚，於是和張宏、劉武一同上了司馬玄水的車。

他不介意擠一擠，只是張宏和劉武眼睛裡都冒著火，靠在一起很彆扭，車上的氣氛顯得有些尷尬。

司馬玄水將車開到一座停工的建築工地，然後停了下來。

「這地方倒是僻靜。」穆方下車，環顧四周，笑道：「殺人滅口的好地方。」

「少胡說八道！」其餘人紛紛下車，陳天明更是一臉陰鬱。

第一眼看到穆方，陳天明對兩個徒弟的氣立刻就消了。穆方有多厲害，他可是切身體會過。

上次見穆方還只是通靈境初期，才過了沒多久，現在竟然已是中期的水準，張宏、劉武和他對上，能討到便宜才奇怪。

「我這兩個弟子與你無冤無仇，為何將他們打成這個樣子！」陳天明質問。

穆方則疑惑地看了陳天明一眼。

這人雖然古板了些，卻是個直爽之人，如果是他讓徒弟跟蹤自己，絕不可能否認，再說也沒否認的必要。

「我只說兩點。」穆方伸出兩根手指：「第一，我不認識他們，是他們一直在跟蹤我。第二，他們身上的傷不是我打的，自始至終，我都沒和他們交過手。」

陳天明狐疑地看向兩個徒弟。

劉武憤怒地瞪著穆方：「還不是你陷害我們，要不然我們怎麼可能被一群學生打！」

「師父，這小子的確沒動手，但他太無恥了。」張宏也悲憤地向陳天明解釋：「弄一堆女人的內衣褲，害我們被當成色狼……」

陳天明和司馬玄水聽得滿頭霧水，費了好大勁才聽明白，也是一陣無語。

穆方先前與陳清雅一起和司馬烈交過手，現在司馬烈身分曝光，又跟兩大世家鬧翻，去找陳清雅打探消息再正常不過。張宏、劉武把穆方當成情敵對付，只能說自己給自己找麻煩。

「你找清雅，是打聽烈叔的事吧。」陳天明嘆道：「張宏和劉武誤會你，他們也算咎由自取，這件事就這麼算了，但是我還是想提醒你一下，烈叔的事情是家事，不希望你再參與進來。」

兩大世家的人馬剛到石坪就和穆方鬧翻，也不全是因為理念衝突，當時陳家和司馬家其實也有故意刺激穆方。

俗話說家醜不可外揚，司馬烈的事情他們不想外人介入，而且如果當年的事再被挖出來，對司馬家的聲望也是一個打擊。

穆方不清楚陳天明心裡想什麼，但事已至此，也知道剛剛是場誤會，頓時覺得自己真是個白癡。

韓青青性命攸關，只剩五天不到，自己竟然還在兩個醋罈子身上浪費時間。

「陳先生，既然是個誤會，我先告辭了。」穆方道了聲告罪，就準備離開。

「等等。」一直沒出聲的司馬玄水，突然叫住他。

「現在也沒事，我們過幾手怎麼樣？」司馬玄水眼睛眨也不眨地盯著穆方：「別誤會，我只是想見識見識你的功法。」

張宏和劉武眼睛一亮，陳天明則是無奈地苦笑。

對穆方，司馬玄水一直很感興趣，但他不是在意什麼三界郵差，而是實力。

陳天明曾經和穆方交過手，沒討到便宜；司馬山明交手時，差點被一頓滅道轟死；司馬烈也和穆方交過手，竟然選擇了退讓。

知道這些事情後，司馬玄水很想見識見識穆方的靈目，以及那個被司馬山明稱作「迫擊炮」的功法。上次和穆方見面，司馬玄水就有這個打算，只是司馬風在場，加上又故意把穆方趕走，才沒有找到機會。

「晚輩不敢與玄水先生動手。」穆方想都沒想就婉言拒絕了。

開什麼玩笑，跟那兩個傢伙玩一把就夠浪費時間了，現在哪裡還有工夫切磋。

「你不動手，怕是走不了。」司馬玄水那股武癡的勁頭上來，誰都攔不住。

穆方有些惱火，正要開口說點什麼，腦子裡突然靈光一閃。

正愁沒機會和司馬風搭話，眼前不就有一個機會嗎？

穆方想了想，點頭道：「既然玄水先生堅持，晚輩只好從命。」

司馬玄水大喜，直接把外套甩給陳天明。

「先生且慢。」穆方忙道：「打是可以打，但是晚輩不想進行無意義的切磋，想要點彩頭。」

「什麼彩頭？」司馬玄水好奇道。

「如果我贏了，希望先生能把司馬烈的事情全部告訴我。」穆方沒有提雲霞，但司馬玄水和陳天明依然有些色變。

「玄水先生怕輸？」穆方笑問。

「用不著拿這個來激我。」司馬玄水知道是激將法，但也咽不下這口氣，打定主意給穆方點教訓。「如果你輸了呢？」

「悉聽尊便。」穆方聳了聳肩。

司馬玄水略一沉吟，笑道：「不如這樣，你也答應我一件事如何？如果你輸了，介紹你師父給我認識。」

陳天明本想阻止司馬玄水，但一聽這話，又退了回去。

靈力覺醒可能是偶然，但穆方那些手段絕不可能是野路子，就算真是什麼三界郵差，也必定有師門或者引路人。只是穆方一直以來滴水不漏，司馬家和陳家查不出東西，如果能藉這個機會調查清楚，倒也不是壞事。

不過可惜的是，司馬玄水和陳天明搞錯了定位。

穆方在送信時，絕對是一諾千金，可是這種口頭上的打賭未必會認帳，更何況，他也有必勝的辦法。

「就依玄水先生。」穆方抱拳：「請先生賜教。」

「開你的靈目吧。」司馬玄水掐了兩個法訣，隨時準備出手。

陳天明帶著張宏、劉武，向後讓出一段距離。

「這小子太囂張了，竟然真敢和玄水叔動手！」

「哼，等著看他倒楣。」

雖然已經澄清誤會，可張宏和劉武對穆方的怨念卻一點也沒少。

就算穆方對陳清雅沒企圖，他們挨揍這件事終歸不是假的，更別說被人當成變態毆打，簡直是奇恥大辱。若是司馬玄水能教訓穆方，他們倆也能出一口悶氣。

穆方雙手結印，開啟靈目，靈力瞬間從通靈境中期提升至後期境界。

「有意思。」感到穆方的靈力變化，司馬玄水眼睛一亮。

靈目已是十分稀有，竟然還真能生生將境界提升，果然不凡。

「你先動手吧。」司馬玄水自持身分，讓穆方先出手。

穆方也不客氣，靈力湧動，力量迅速向雙手凝聚。

司馬玄水已經不止一次聽人說起那一招的凶悍，自然不敢大意，雙手一翻，兩張黃符迎風自燃。嗡的一聲，一道巨大的符咒在面前一閃而逝。

金剛符。

用了這符咒，縱使聚靈境的攻擊，也有把握擋上一擋。

張宏、劉武見了，同時心下不爽。

「玄水叔也小太心了，對付這小子竟然還用金剛符？」

「可不是嗎，太浪費了。」

陳天明在旁邊白了這二人一眼，但沒說話。

等你們見了那一招的厲害，就知道浪不浪費了。讓一群大學生揍一頓不錯了，真要讓穆方動手，你們在醫院躺上幾個月都算運氣好。

不過看著穆方，他也有些奇怪。

上次施展這招的時候，好像不是這個樣子。

「滅道之二……」穆方嘴角微微一挑，雙手外翻，兩股靈力融合在一起，好像拉麵條一樣。

司馬玄水、陳天明、張宏、劉武，都看得愣住了。

這是什麼功法？靈力怎麼可能具象化到這種程度？

「縛！」

穆方手一抖，一道扭扭曲曲的光帶，閃電般地向司馬玄水捲了過去。

司馬玄水不敢大意，將金剛符向外一推，飛身向後躲避。萬一擋不住，他好留出應變的時間。

可讓所有人都目瞪口呆的是，那光帶就好像是活的一樣，突然在空中劃了個弧，繞過金剛符的防禦，徑直轟到了司馬玄水身上。

司馬玄水大驚，陳天明更是叫出聲來：「穆方，不可……」

那種攻擊打到身上，是會要人命的！

「沒事。」穆方托舉著右手，五根指頭動了動。「這招不會傷人。」

再看司馬玄水，身上多了無數條白光組成的繩索，從脖子到腳，被捆了個結結實實。

他似乎想掙脫，可扭來扭去，沒有一點辦法，好像一條毛毛蟲。

「怎麼不是之前那一招？」陳天明驚問。

穆方聳肩：「我又不是只會那一招。」

陳天明頓時語塞。

他哪裡知道，穆方之前還真的就只會那一招，只是好巧不巧，現在又學了新的東西。

「玄水先生，你輸了。」見司馬玄水還在掙扎，穆方輕鬆道：「勸你別亂動啊，越動越緊，我可不想弄傷你。」

張宏和劉武已經看傻了。

輸了？就一個照面……開什麼玩笑！

司馬玄水臉色鐵青，心中鬱悶到了極點。

媽的，這小子太狡猾，竟然敢玩陰的。

不管如何不甘心，他還是要面子的，很痛快地認輸，但在解開禁制後，又再次提出了挑戰，穆方呢，當然是果斷地拒絕了。

「想再切磋也行，先兌現之前的承諾。」

司馬玄水很為難，他壓根沒想過自己會輸。遲疑再三，只能表示回去和司馬風商量，這事不是他一個人說了算的。

一個有些天賦和來歷的後輩，司馬風可以愛理不理，但是這個後輩能打敗司馬玄水，意義可就完全不同了。

穆方沒有提出異議，這本來就是他的目的。

就和賣東西談價錢一樣，一開始不能隨便暴露自己想要的價位，而是要提一個高的，然後再慢慢壓下來，這樣對方就不會覺得吃太多虧。

穆方沒直接和司馬玄水等人去旅館，而是留了電話。他打算趁著天還沒黑透，再去一趟醫院。

雖然知道躺在病床上的只是肉身軀殼，但他還是想再去看一看。

趕到韓青青的病房，韓立軍正在門口打電話，說工作上的事。

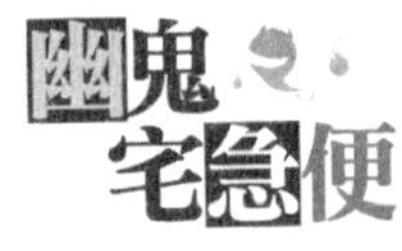

作為一名刑警大隊的大隊長，韓立軍的工作非常繁重，這次雖然因為女兒的事，長官特准批假，可事情還是少不了。

「韓叔。」穆方上前打了個招呼。

見到穆方過來，韓立軍也不算太意外，點了點頭算是回應，擺手示意他可以進去。

進到病房裡，穆方走到韓青青床前，就那麼靜靜地站著。

穆方知道自己過來沒有意義，但就是忍不住想來看看。他真的很怕，萬一現在少看一眼，會真的再也看不到韓青青。

看著韓青青的臉，他心裡說不出什麼滋味，一種異樣的情緒蔓延著，好像每多看一眼，那種情緒都會變得更加強烈。

真是奇怪，我這是怎麼了？

靜下心仔細想想，自己竟然會接司馬烈的送信任務，真是有夠瘋狂的舉動。究其原因，韓青青是唯一的理由。

穆方看著仍昏睡不醒的韓青青，忍不住伸手握住她的手掌，像是要確認這具軀體還活著一樣。

手心傳來的感覺很柔，很軟，還有一點點的溫暖。這股暖意迅速蔓延到胸口，他頓時明白了這種感情是什麼。

果然，是因為自己喜歡她嗎？那種喜歡？

不過人家是優等生，又是刑警大隊長的千金，自己哪點配得上她啊。

他心中這樣想著，握著的手卻依然沒有放開。

與此同時，醫院對面的一棟大樓樓頂上，司馬烈正站在那裡。他的身邊，是一道虛幻的倩影，韓青青的真靈。

「哈哈，看來這小子是真的挺喜歡妳呢，很好。」司馬烈轉頭笑道：「如果他沒這份心，我可是會很困擾的。」

「老王八，聽不懂你說什麼。」韓青青狠狠瞪了司馬烈一眼，隨後又將目光轉向對面。

穆方此時沒有開啟靈目，真靈狀態下的韓青青看不到半個人影，但是，她好像能感覺到穆方站在那裡——就站在窗前，握著她的手。這種感覺，讓她很開心。

病房裡的穆方似乎感應到什麼，下意識地望了窗外一眼。雖然外面漆黑一片，但他的目光還是不由主地落到了對面的樓頂。

有一種奇怪的感覺。

他走向窗前，正想開啟靈目，手機突然響起。

掏出來一看，是司馬玄水打過來的。

看了看病床上的韓青青，穆方拿著手機走到角落處，接通了電話。

「玄水先生。」

「我父親同意見你。」司馬玄水在電話另一端道：「明天上午九點，你來……」

「我想今晚！」穆方打斷了司馬玄水。

現在分秒必爭，他可不想耽誤一個晚上。

「今天太晚了，我父親習慣早睡。」司馬玄水有些不高興。

穆方意識到自己語氣不對，但又看了韓青青一眼，還是堅持道：「麻煩玄水先生向風前輩說一聲……」

韓青青喜不喜歡自己並不重要，自己配不配得上她也不重要。

重要的，是我要保護她，不可以讓她出事……

穆方最終說服了司馬玄水，司馬風也同意今晚見面。穆方向韓立軍告辭，走出醫院大門。

司馬風住的是一家高級旅館，只要搭車很快就能到，可他卻顯得有些遲疑，在醫院門口徘徊不前，沒有攔車的舉動。

計畫到現在還都算順利，司馬風願意見自己，可是，見了之後呢？

不管是聊司馬烈還是提雲霞，談到撕破臉的可能性都非常大。就算司馬風不翻臉，又該怎麼問出雲霞的遊魂所在？

哎，如果雯雯在就好了。

說不定司馬風就把雲霞封禁在某個器物內，隨時帶在身上，以雯雯的感知力，第一時間就能確認。

只是那小傢伙被自己氣跑，也不知道跑到什麼地方去了。

正這樣想著，旁邊突然傳來一聲貓叫。

穆方扭頭一看，雯雯正蹲在上方路燈的燈桿上，眼睛一眨一眨地看著他。

「雯雯！」

穆方驚喜地跑過去兩步，又很快頓住。

差點忘了，當時雖然有不得已的苦衷，但也是不想再把雯雯牽扯進來，才故意把她氣跑的。

「妳怎麼來了？」穆方板起了臉。

雯雯看了看穆方，突然跳下來，朝著穆方的頭頂就是一爪子。

「哎呦……」穆方抱著腦袋差點沒跳起來，疼得齜牙咧嘴：「妳想抓死我啊。」

「就是要抓死你這個沒良心的臭東西！」雯雯恨恨道：「韓青青被司馬烈抓了真靈，你為什麼不告訴我？還故意擺出一副臭臉，看不起我啊？難道在你眼裡，我就是那麼不通情達理的笨蛋嗎！」

在雯雯一連串質問下，穆方有點發愣。

「妳怎麼知道的？」

「我一直跟在你後面呢。」雯雯氣呼呼道：「當時我的確很生氣，但不是氣你接司馬烈的任務，而是生氣你對我的態度。但是，就算我發脾氣，也和你這樣的笨蛋有區別。」

穆方很尷尬，連連點頭哈腰：「好吧，我承認是我不對，對不起……」

「這還差不多。」雯雯哼了哼，跳上穆方的肩頭。

「雯雯，既然妳知道了情況，我也不再瞞妳。」穆方揉了揉雯雯的腦袋：「我必須找到一個叫雲霞的遊魂，才能把青青的真靈救出來。我需要妳的力量，但有個前提，無論發生什麼事，在沒有我的許可下，妳都不要介入戰鬥。哪怕是忠哥給妳的靈力，也不能隨意使用。」

「婆婆媽媽的，你可真嘮叨。」雯雯不耐煩地晃了晃爪子：「答應你就是。」

「記得說話算話啊。」穆方準備攔車。

「對了，還有件事沒告訴你。」雯雯聲音低了一些：「除了我之外，那個司馬烈也一直在跟蹤你。」

「司馬烈？」穆方一驚：「我沒發現啊。」

「你連我都發現不了，又怎麼能發現得了他。」雯雯鄙視，又繼續道：「他好像是用陣法隱藏身影，我也看不到，但能感覺到他的靈力。說來奇怪，以前他把靈力隱藏得很好，可不知道為什麼，現在好像沒有以前好。」

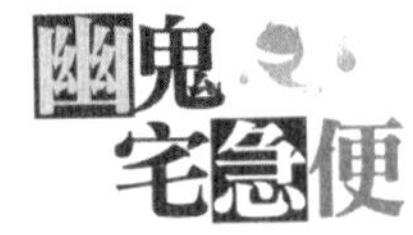

「或許，他覺得沒必要了吧。」穆方掃了眼周圍，沒有問雯雯司馬烈在哪個方位。現在不能和那傢伙交手，知道在哪也沒意義。不過既然他在附近盯著，行事說話，都要小心些了。

穆方伸手又準備攔車，雯雯突然說話了。

「還有件事。」

穆方神情一凜：「還有其他人？」

「那倒沒有。」雯雯舔了舔爪子。「我是想說，你該洗頭了，害我爪子上都是頭油味。」

「靠，誰叫妳抓我的。」穆方沒好氣地翻了個白眼，站到路邊招了招手。

「計程車！」

05

司馬風的古怪

到了司馬風所在的酒店，第一個來迎接穆方的不是司馬家的人，而是李文忠。

有件事李文忠一直瞞著穆方，就是盯著司馬風的理由。

自從到了石坪市，李文忠就有一種惶恐不安的感覺，似乎要發生什麼大事。

他真正的修為，遠遠超過穆方所能想像的程度，雖然在人間界發揮不了力量，但是依然能對某些災禍生出預警。而能讓他產生警兆的事情，一定非同小可。

在盯梢司馬風時，李文忠隱隱感覺，司馬風是一個繞不開的關鍵，所以這些天來，他一刻都沒讓司馬風離開視線。

不過他也沒敢離得太近，就算司馬風察覺不到他妖靈的身分，老看見一隻烏鴉也肯定會起疑。若是被司馬烈察覺，事情怕是會更麻煩。也因此，之前司馬玄水和穆方打電話的內容，他並沒有聽到。

「你跑這來做什麼？」李文忠十分警惕。

三界郵差很特殊，即便以他的修為也難以推算出什麼，現在看穆方跑到這，很擔心來自司馬風的警兆就是應在穆方身上。

「別提了，人要倒楣，喝涼水都塞牙。你不是讓我打聽他們手上有什麼嗎？我就去找了陳清雅。」穆方故作無奈狀。

穆方之前考慮過，要不要把韓青青的事情告訴李文忠，說不定還能得到些幫助，可轉念一想，立刻就把這個念頭打消了。

以李文忠一貫的作風，應對措施肯定會有，但韓青青絕對不會排前面。說不定最後為了算計司馬烈，還會想拿韓青青作誘餌。

「陳家有兩個醋罈子，懷疑我和陳清雅有什麼關係，來找我麻煩，我當然不能認輸啊，就給了他們點教訓。後來好巧不巧，又碰上了司馬玄水，非要跟我切磋，搞來搞去，現在司馬風也想跟我聊聊……」

穆方這話半真半假，可謂是滴水不漏，壓根不怕李文忠查證。

「你這臭小子，簡直是天生的惹禍精！」李文忠好像沒有懷疑，沒好氣道：「那你打聽到什麼了？」

「當然沒有了。」穆方道：「我這會過來，也是想順便再探探口風。」

李文忠思索了下，道：「去就去吧，但走個形式就行了，不用再打聽什麼。」

穆方因為有顧慮沒說實話，李文忠也因為其他一些緣由，隱瞞了自己的預感。

搞定李文忠，穆方打了個電話給司馬玄水，徑直坐電梯上了樓。

旅館有四十多層，司馬風住在十樓，一出電梯，司馬玄水正等在外面。

「玄水先生。」穆方打了個招呼。

「我知道你有自己的理念，但我希望你能保持對一個長輩的尊重。」司馬玄水看了眼趴在穆方肩頭的雯雯，也沒在意，只說道：「像上次那種讓他老人家不愉快的話題，我不希望你再一次提及。」

雖說那次會談上和穆方的小衝突是半故意的，但雙方對靈的認識分歧也的確存在，司馬玄水可不想因為自己任性的一個打賭，讓穆方惹父親生氣。

「放心，我有分寸。」穆方嘴上答應，心裡卻暗自嘀咕。

如果真的要說，這次的話題說不定更讓你們不爽。

司馬風的房門開著，人很隨意地坐在椅子上。

「來了啊。」他微微點頭。

「見過前輩。」穆方鞠躬。邁步進屋，規矩地站在一邊。

司馬風不禁笑了：「這麼拘束做什麼，上次你可不是這個樣子。」

呿，上次的確不這樣，結果被你們趕了出去。

不過這話也就在心裡嘀咕，嘴上可不能說出來。

「上回是晚輩不懂事，讓前輩見笑了。」穆方乖寶寶似的，眼睛悄悄瞥著雯雯。

司馬風身上如果攜帶封印靈體的東西，這個距離她應該就能感應到了。

雯雯搖了搖頭。

沒有？穆方有些失望。

「坐吧。」司馬風讓穆方落座，對雯雯有幾分興趣：「你喜歡養貓？」

「路邊撿的，看她可憐就養著。」穆方搪塞。

雯雯不滿，狠狠地抓了穆方脖子一爪。穆方疼得一縮脖子，把雯雯從肩膀上拿下來，放到懷裡摟著，狠狠揉了揉小腦袋。

司馬風沉默了一會，開口道：「說吧，你為什麼想知道阿烈的事。」

「您不是都知道了嗎？」穆方繼續裝糊塗：「之前我因為一個任務，跟司馬烈發生衝突，差點把命丟掉。不管他現在還是不是司馬家的人，我了解一些他的事情，總是人之常情吧。」

「你沒說實話。」司馬風搖了搖頭，慢悠悠道：「我們第一次見面時，雖然發生了不愉快，但你表現得非常從容，似乎有意和我們保持距離。可是這一次，你給我一種很迫切的感覺，似乎急於從我身上得到什麼。」

薑是老的辣，穆方這點小心思很難瞞過司馬風。

他沒想到一上來就被點破，一邊乾笑著，一邊思索著如何答覆。

不過，司馬風顯然沒打算給穆方太多的思考時間，直接說道：「你看這樣如何？我不問你到底想做什麼，也不告訴你任何事，但是，我可以向你保證，司馬烈以後不會再給你造成任何困擾。」

穆方暗自苦笑。

如果真那樣倒好了，可您老人家就算再怎麼厲害，能強過天道嗎？司馬烈那個混蛋，太狡猾了。

「前輩。」穆方斟酌詞句，開口道：「這樣說吧，就算您把司馬烈綁在這，我心裡的疙瘩也難解得開。我想要的，只有真相。」

司馬玄水面色不悅，輕輕咳嗽了一下。

穆方沒有改口，繼續道：「我年輕，性格上可能還有些不成熟，請您見諒。」

司馬風似乎沒有生氣，看著穆方道：「我欣賞你的坦白，但很遺憾，阿烈的事情我不能告訴你。」

「為什麼？不就是……」穆方差點忍不住把陳清雅賣了，話到嘴邊又連忙改口道：「我無意打探您家的隱私，只是想知道司馬烈為什麼會改變？以前他是除靈師，本性肯定不壞，可為什麼現在會變成那樣的人？難道是覺得自己時日無多，才想著到處去煉惡靈，逆天改命？」

司馬風嘆了口氣。

「逆天改命哪有那麼容易。」司馬玄水似乎忍不住了，插話道：「你說的那個什麼九靈篡命圖，清雅和我提了，簡直是無稽之談。人靈分屬兩界，別說九個惡靈，就算九十個，也不可能讓人擁有永恆的生命。」

穆方搖了搖頭：「我沒說是人，如果司馬烈把自己變成靈體，就可以借到篡命圖的力量。」

司馬玄水順口道：「就算真是那樣，他也不會為自己。」

「那是為誰？」穆方不動聲色。

「為……」司馬玄水突然把嘴閉上了，狠狠白了穆方一眼：「臭小子，想套我的話？」

穆方只是笑，司馬風臉色更是不自然。

還好司馬玄水最後及時反應過來，要不然他非一煙袋鍋子敲上去不可。四十多歲的老江湖，要是真被一個孩子把話套出去，年紀可就真是都活狗身上去了。不過司馬風也覺得穆方著實沒有分寸，竟然當著他的面用這種小伎倆。

正在這時，一陣喧鬧的音樂聲突然從窗外傳來，頗具節奏感，聲音非常大。

「外面真吵。」穆方皺了下眉頭。

靈力是來自生命本源的純粹能量，對外界的感知相當敏銳，不管通靈者是怎樣的性格，都不會喜好太過嘈雜的環境。

「的確是很讓人心煩啊。」司馬風深以為然，嘆道：「對面是公園，天天晚上都有人跳舞，關著窗子也能聽到。」

「既然您嫌吵，可以換對面的房間啊。」穆方順嘴道。

「算了，太麻煩。」司馬風搖了搖頭。

「其實就是您想的多，一點都不麻煩。」司馬玄水再度插話道：「和旅館前臺說一聲就行了。」

司馬風狠狠瞪了過去，司馬玄水立刻不敢說話了。

穆方在二人臉上來回掃了兩眼，心中生出幾分狐疑。

若是論江湖經驗，穆方的確還嫩得很，可是他有個優點，就是善於觀察別人。

在旅館換個房間是再正常不過的事，司馬風為什麼寧可忍受喧鬧，也要留在這邊呢？要是一、兩天也就罷了，可現在明擺著是長住。

有古怪。

雖然穆方察覺到不正常的地方，但也想不出個所以然，又進行了若干沒有營養的對話，司馬風也沒透露出和司馬烈有關的隻言片語。

天色漸晚，無奈之下，穆方只得告辭。

離開司馬風的房間，沒等走出多遠，他便被人叫住了。

「穆方，你等等。」

穆方不用回頭就聽出了是誰，無奈地轉過身：「啥事？」

叫住穆方的人，是陳清雅。

「幹嘛一臉不耐煩的表情，我惹你了？」陳清雅站在房間的門口，招了招手：「進來，我有話和你說。」

「不去。」穆方搖頭：「我可不想莫名其妙地再跟人打架。」

白天只是和陳清雅吃了頓飯，就被張宏、劉武跟蹤。現在這麼晚了，進陳清雅的房間，那兩個醋罈子還不拿刀砍自己啊！

說來也巧，沒等陳清雅說話，另一個房間的門打開，探出兩個腦袋，正是張宏和劉武。

「妳瞧？」穆方伸手一指。

陳清雅顯然已經知道了白天衝突的事，頓時惱羞成怒，對著張宏和劉武罵道：「你們兩個出來做什麼？滾回去！」

兩人很聽話，嗖地一下縮了回去。

「我送你下樓。」陳清雅可能也意識到之前的邀請容易引發誤會，進屋拿了外套，和穆方一起進了電梯。

穆方和陳清雅前腳剛進電梯，張宏和劉武後腳就從房間裡跑了出來，等不及下部電梯上來，就一陣風似地衝下樓梯。

「你真去問風爺爺了？」電梯裡沒有別人，門一關上，陳清雅便開口向穆方詢問。

「就為這件事啊？」穆方恍然，隨口答道：「放心，我沒出賣妳。」

「還算有良心。」陳清雅哼了哼，轉而說道：「我找你不全是為這個，主要是想再提醒你一次。」

她頓了頓，繼續道：「這次風爺爺沒跟你翻臉，或許是覺得你只是好奇，但如果你繼續深挖，或者明確問起什麼，他多半不會再和你客氣。」

「好意心領了。」穆方沒再多說，卻暗暗握緊了拳頭。

算算日子，今天是第三天，還有四天時間。如果明天還是想不到辦法，就算和司馬風翻臉，也得把雲霞的下落找出來！

陳清雅把穆方送出旅館，李文忠遠遠地看到，稍微鬆了口氣。

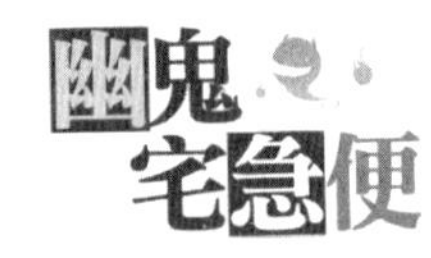

這個混小子，這次總算沒有惹麻煩。

李文忠並沒有意識到，在他盯著穆方時，自己也被另一雙眼睛盯上了。

在旅館所在的街道盡頭，一雙眼睛遙望著他。

司馬烈。

李文忠隱匿氣息的手段很高明，只要不離得特別近，很難察覺他身上的靈力。如果是以前的司馬烈，絕難發現李文忠的存在，可現在他發生了些許變化。雯雯之所以能察覺到司馬烈在跟蹤穆方，正是因為這點。

現在的司馬烈，或許察覺不到雯雯，但對李文忠的靈力卻非常敏感，此時在他眼中，李文忠就好像黑夜中的一盞大燈籠，極為醒目。

「那隻烏鴉是怎麼回事？這樣的靈力……難道是來自靈界？」司馬烈表情陰晴不定。

他一直在跟蹤穆方，卻意外發現了李文忠。本來感覺事情已是十拿九穩，現在卻感到了幾分危機。

正在司馬烈驚疑不定之時，穆方和陳清雅走出旅館。

司馬烈眼神閃了閃，心念急轉。

不能再這麼乾等了，應該做點什麼，再給那個郵差施加一點壓力，讓他加快進度，不然的話，怕是遲則生變。

他的目光閃來閃去，最後落到陳清雅臉上，嘴角微微挑了下。

這幾天，這些小朋友到處找自己，卻一直沒有什麼發現。

也許，該讓他們有點收穫。

「你們兩個有毛病是不是！」陳清雅非常惱火。

剛剛把穆方送走，一回頭就看到了鬼鬼祟祟的張宏和劉武，她故意沒回旅館，順著穆方離開的方向走了半條街，然後突然回頭，把兩人抓了個正著。

「我們只是逛街……」

「對啊，太巧了……」

張宏和劉武當然不會認帳，乾笑著搪塞。

就在陳清雅要發飆時，突然看到街對面走過一個人影，頓時一怔。

「清雅，真的是個誤會……」

張宏和劉武還在狡辯。

「別廢話了，你們看那邊。」陳清雅眼神發亮：「那個人，好像是烈爺爺。」

張宏和劉武也是一愣，順著陳清雅的目光看去，眼神也變了。

一個穿著短袖T恤的人，剛剛從街對面走過，彎進了另外一條街道。

「好像是，我這就通知師父！」劉武有些興奮，順手就要拿手機。

「別衝動，看清楚再說。」張宏提醒道：「別忘了司馬山明那傢伙，前兩天認錯人，把人打傷，現在還被關禁閉呢。」

陳清雅點頭表示同意，直接作主道：「我們先跟上去，確認後再通知也不遲。而且要真是烈爺爺，我們更得盯緊點。」

三個年輕人都是初生之犢不怕虎，也沒想太多，就跟了上去。

司馬烈走在前面，聽到後面的動靜只感覺好笑。

這些小朋友，真是一個比一個嫩，自己這麼老套的手段，竟然用一次成功一次。

一邊走著，他拿出手機，撥了通電話給穆方。

自打從黑獄結界出來，穆方就一直沒休息過，再加上巨大的精神壓力，可以說是身心疲憊。可即便這樣，他還是沒有睡意，走在路上，腦子裡正在想下一步的打算，突然手機響起，接通之後竟然是司馬烈。

「你又想幹什麼？」穆方強壓怒火。

現在他和司馬烈的關係非常微妙，打心眼裡想把對方弄死，可又不得不為他的任務奔波。

「只是想告訴你一件事。」司馬烈慢悠悠道：「陳清雅好像發現我了，和另外兩個小朋友在後面跟蹤。也許，我該和他們打個招呼。」

「你他媽的混蛋！」穆方怒不可遏。

以司馬烈的能力，真要是想藏的話，連李文忠都找不到他，更何況陳清雅那黃毛丫頭。他打這通電話的意思很明顯，就是威脅。雖然這個威脅有些莫名其妙，但穆方沒辦法做到見死不救。

「你到底還想怎麼樣?你的任務我已經接了！」穆方憤怒地質問。

「只是想告訴你一聲，僅此而已。噢，還有一點，你最好不要告訴別人。」司馬烈直接把電話掛了。

穆方再打過去只有忙音，又撥陳清雅的電話，同樣無法接通。

「我&……¥……%＃＃」

穆方張嘴就是一通狂罵，句句不離祖宗八輩和人體器官，路人紛紛側目，雯雯也直捂耳朵。

「別罵了，也許我能找到陳清雅。」雯雯拿小爪子抓抓穆方：「你離開旅館的時候，陳清雅和另外兩個人一直遠遠地在後面，但他們不是跟蹤你，所以我就沒說。後來他們中途轉向，那裡好像只有一條街口。」

「帶我過去。」穆方喘著粗氣：「我倒要看看，司馬烈那王八蛋想跟我唱哪齣戲！」

雯雯憑著記憶，找到陳清雅轉向的地方。正如她所說，那裡只有一個路口。穆方毫不猶豫，開了靈目，順著就追了過去。

因為陳清雅已經離開這裡有了一會，雯雯很難再發揮作用，不過穆方卻有自己的辦法。

開靈目，找遊魂。

現在很晚了，這條路又相對陰暗，遊蕩的遊魂非常多。穆方沒辦法跟遊魂打聽，但有其他的解決辦法。

除靈師因為職業的特殊性，身上的靈力會讓靈體有天生的畏懼感，平時或許難以察覺，可當情緒比較激動的時候，那股讓靈體畏懼的氣息會成倍數地擴大。越是弱小的靈體，對這氣息的變化會越敏感。

陳清雅等人去追司馬烈，所釋放出的危險信號必然遠勝平時，處在他們前進方向的遊魂，一定會本能地避開。所以想找人，就找遊魂少的地方！

進了岔路之後，只要碰到路口，哪裡遊魂少，穆方就選哪一條。漸漸地，跑到一片荒蕪的野地。

這裡最早是舊住宅區，後來拆了準備開發，不知道什麼原因沒有動工，幾年後就成了荒涼的草地。四周都有圍牆，乍看之下找不到進去的地方。

穆方仔細檢查了一番，很快在某個地方，發現有人攀登的痕跡。

待翻牆進入，他立刻發現了幾分不妥。

前方空空如也，沒有半個人影，但是在穆方的靈目當中，前面看上去就好像擺放了很多巨大的玻璃，橫七豎八、參差不齊，布滿了整片野地。

無相鏡幻陣。

這和李文忠的黑獄結界有異曲同工之妙，可將人困入另一個空間之中，徹底與世隔絕。如果所料不差，陳清雅等人多半被困在了裡面。

穆方四下打量，沒有找到司馬烈的蹤跡。根據以往的經驗，他猜想那老混蛋肯定不知道跑哪看戲去了。

雯雯用小爪子撓了撓腦袋：「好像是陣法誒，上次破陣我是扒開的。」

「我來處理。」穆方捏了捏手指，走到那個陣法前面。他不想讓雯雯再消耗靈力，哪怕是李文忠借給她的也不行。

「無相鏡幻陣用外力直接破開並不難，但有可能會傷到裡面的人。你的靈力還是省省吧，破這玩意得靠技術。」

陣法，穆方學了不少，但能熟練使用的很有限。

要想布陣，不是隨便在什麼地方畫幾個鬼畫符就能完成的。陣圖、陣眼，以及重要的媒介等等，只是最基本的要求。小的陣法還相對簡單，比如當初穆方布置過的四靈結界，有燭臺和靈燭就能搞定，可若是大陣的話，就更為複雜。

在等李文忠的那幾天，穆方可不是天天都躺在草地上發呆，既然知道對手是一名陣師，肯定要有所準備和研究。

只不過他向來不走尋常路，他那幾天研究來研究去，並非研究陣法。反正就算他再怎麼研究，也不可能比過司馬烈那個陣師，倒不如從其他途徑入手。

打量了下地面，又看了看四周，發現盡是民房，心裡頓時有了數。

「雯雯，往後躲。」穆方招呼了一聲，五指虛張。

滅道之一，沖！

轟，轟，轟……

雯雯拿爪子搧了搧濺起的土屑：「你這叫技術?地都快翻了。」

「妳馬上就知道了。」轟出幾個大坑之後，穆方就一個個尋摸，最終在一個坑前停住。

雯雯過去一看，是個粗大的管線。

「這是什麼？」雯雯好奇道。

「破陣的關鍵，很有技術含量哦。」穆方又是兩記滅道之一，不過這次是平著轟的。在地面上轟出一條坑道，和之前那個大坑相連。另外一端，指向陣法所在。

「雯雯，幫我個忙。」穆方指了指大坑裡面：「把那管子抓破。」

雯雯一直在好奇，聽到穆方指示，也沒多問，下去就是兩爪子。

抓完之後，她就後悔了。

伴隨著一股撲鼻的惡臭氣，兩股汙水從管道裡面噴了出來。如果不是雯雯反應快，非濺自己一身不可。

「死穆方，臭穆方，你想死嗎！」雯雯氣急敗壞，跳到穆方腦袋上就是一通亂抓。

「別抓，別抓，我是破陣……」他大叫。

穆方那幾天研究的東西，是石坪市的地下管線。尤其是汙水處理。

陣法乃天地之威，必須顧忌天時地利。穆方覺得自己從技術上是沒得突破了，但可以從根本上入手。把地利改掉，什麼陣法都得失衡，不攻自破。

而最有效的辦法，自然就是用汙水改變地質了。

古時人們會用汙穢之物破除邪法，其實道理跟這個差不多。

「根據網上查到的資料，附近民房又那麼多，肯定會有地下汙水管線。」穆方洋洋得意。「怎麼樣，這技術含量很高吧！」

聽了他的解釋，雯雯更怒了。

「高你個鬼啊！那你怎麼不自己弄開，非要我去？」

穆方無奈：「這可是民生工程，我只是破陣，又不想搞大破壞。直接轟碎，補起來很費時間的，可不能隨便浪費納稅人的錢……」

「我殺了你！」雯雯又是一通狂抓。

正打鬧時，空氣中突然傳來喀喀一陣脆響。放眼望去，那些玻璃似的事物漸漸裂開。

若是精心布置的陣法，或許穩定性會高一些，但司馬烈今天是臨時起意，陣法又這麼大，漏洞自然也在所難免。

現在那些汙水已經滲進了陣法所在的土地當中。雖然只是邊緣處的一點點，但已經導致整個陣法能量失衡。

「別鬧了，我去給這破陣最後一擊。」穆方為了擺脫雯雯，從旁邊撿起一塊破木板，

故意捏著鼻子去撩那些汙水，潑向大陣。

因為是汙水管線，裡面爛爛稠稠的什麼都有，非常噁心，雯雯果然受不了，躲出去老遠。

又是喀喀一片聲響，陣法的一角終於崩潰。空氣一陣扭曲之後，露出裡面的樣子。陳清雅、張宏、劉武，全部倒臥在地，各個氣喘吁吁，嘴角溢血。

在三人兩側，分別站著一個假人，像是櫥窗裡的塑膠模特兒，身上被畫上了許多紅色符咒。

張宏和劉武模樣狼狽，天色又黑，穆方並沒有認出他們，只當是和陳清雅一起來的除靈師。

「不就比上次多一個嗎，怎麼這麼慘？」穆方向陳清雅打了個招呼。

雖然看上去好像在吐血，但三個人氣息沒什麼問題，應該沒受重傷，他心裡多少鬆了口氣。

「還不是你害的！」陳清雅幽怨地瞪了穆方一眼，有氣都沒處發。

剛才他們以三敵二，對付兩個傀儡，雖然不占優勢，但也能保持不敗。穆方在那一個勁地潑糞水，有陣法時還好，等陣法破除，他還在那潑，正好有一灘灑到了陳清雅等人附近。

惡臭撲鼻，三個人一陣噁心，連忙躲避。

傀儡不怕臭味，直接攻了上去，瞬間將他們擊倒。

雯雯從後面跟了上來，穆方假裝蹲下繫鞋帶，低聲囑咐道：「這些我能應付。記住我們約好的，沒我的話，妳不許對任何人出手，包括司馬烈。」

雯雯瞪著眼睛喵了一聲，似有不滿。不過平時鬧歸鬧，穆方認真起來的時候，她基本上都會聽話。

兩個傀儡感應到了其他人，將目光轉向穆方。

穆方蹲著沒有起身，直接雙手一揚。

滅道之一，沖！

轟轟兩聲，兩個傀儡沒等有下一步的行動，就被轟飛落地。

張宏和劉武差點把眼珠子瞪出來。

他們拚死拚活地打了半天，這小子一發就搞定了？

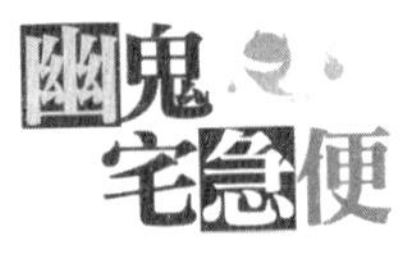

雖然之前穆方和司馬玄水交手勝了，但他們覺得他是投機取巧，用了特殊的功法，要是真刀真槍，別說司馬玄水，就算是他們也能搞定。

可看到滅道之一，兩人一個勁咽口水。

這什麼招式？威力也太強了……

陳清雅倒是不意外。

傀儡其實並不強，只是她今天出來得匆忙，根本沒帶法器。若是有幾張咒符在手，她也有把握放倒那兩個傀儡。現在傀儡的能量已經耗掉了不少，穆方那一招的攻擊又強，要是打不倒才奇怪。

「需要我扶妳嗎？」穆方走向陳清雅。

「不用！」張宏和劉武迅速站了起來，之前的驚訝瞬間丟到腦後，身上的傷更是一點都感覺不到。

穆方嚇了一跳，總算把這二位認了出來。

「是你們？」穆方又是一陣頭疼。

之前雯雯說兩個人跟在陳清雅後面，就該想到是這兩個醋罈子。

見了剛才那一招的厲害，張宏和劉武不敢再跟穆方多說什麼，直接走到陳清雅身邊，一起伸手攙扶。

「不用你們。」陳清雅對這兩人也有氣，推開二人，自己起身。

穆方笑了笑，正要說話，突然臉色一變，身形魚躍而起，一把將陳清雅撲倒在地。

沒等張宏、劉武憤怒，一道黑影便從二人中間穿過。那裡，正是方才陳清雅站立的位置。

張宏一聲慘哼，直接摔了出去。

「什麼東西？」劉武大驚。

沒等他看清，那東西再一次躍起，轟地撞到劉武胸口，將其撞得飛出。

「嗷嗚……」

雯雯後背一弓，些許靈力氣焰從體表升起。

那東西似乎感受到威脅，也停了下來，弓著身子，和雯雯對視，喉嚨裡嗚嗚作響。

竟然是一隻大黃狗。

不過這條黃狗身體腐爛，嘴部牙齦外露，顯然已死去多日。

穆方起身，朝雯雯的方向壓了壓手。

雯雯遲疑了下，收回靈力，但還保持著攻擊的姿勢。

「我就說嘛，只放兩個廢物傀儡出來，完全不是司馬烈的風格。」穆方扭了扭手腕：

「搞了半天，大 BOSS 在這呢。」

靈屍！

06

柳暗花明

嚴格意義上，這條大黃狗也是傀儡，但因媒介不同，和尋常傀儡有一定區別。

傀儡只需灌注怨氣，靈屍卻需要真正的靈體作為媒介。將經特殊手段煉化的惡靈，放置於符合要求的屍體當中。這樣的傀儡，會擁有更加結實的體魄，甚至不亞於鋼鐵。惡靈的靈力、刀槍不入的軀體，是為靈屍。

張宏和劉武一個被撞到了頭，一個被撲中胸口，此時都已經暈了過去。

陳清雅被撲倒，實際上也摔得不輕，等穆方站起來，才勉強緩過一口氣，起身看到那大黃狗，頓時也是一驚。

「這是什麼？」陳清雅吸了口冷氣。

這狗明顯已經死了，難道狗的屍體也能做傀儡使用？

「是靈屍。」穆方答。

陳清雅頓時色變。

她從來沒真正見過靈屍，但在相關書籍裡讀到過。想到書上記載的東西，只感覺後背發涼。

「沒關係，這東西活動時間不會太久。」對於這種稀奇東西，穆方了解的反而多一些。

靈屍雖然強大，煉製卻極為困難，想以動物煉製，更是難上加難。如果司馬烈真有這麼厲害的手段，之前在高琳娜那件事上，怕是早就用出來了。

穆方猜測，司馬烈是取巧，以人靈充狗身，這樣持續不了多長時間，最多也就是十幾分鐘。

「狗交給我，妳去看看那兩個暈過去的傢伙。」穆方兩眼死死地盯著大黃狗。

就算只有十幾分鐘，這條大黃狗也是貨真價實的靈屍，大意不得。

「我幫你！」陳清雅站到穆方身邊。

「幫個頭啊，別添亂。」穆方把她趕開。

就在這剎那，大黃狗一躍而起，向著穆方撲了過來。

穆方一肩撞開陳清雅，身子往後一仰，雙手猛地拉開一張大網，直接罩在了大黃狗身上。

滅道之二，縛！

大黃狗為光網所困，一頭摔倒在地，嗷嗚嗷嗚地打著滾。

「抓住了！」陳清雅大喜。

「還沒！」穆方表情絲毫沒放鬆，手印連連發動，一道道靈力打入光網之上。

滅道之二為地府禁錮之術，雖然看上去厲害，卻也並非什麼無敵技能。困住敵人之後，若是對方以靈力抗爭，就需要施術者時刻補充靈力，維持禁錮。

上次和司馬玄水交手，穆方根本是連打帶騙，如果對方不理會什麼「越動越緊」，繼續掙扎，也不是沒有脫困的可能。

這條大黃狗，顯然沒司馬玄水那麼好糊弄。

「嗷嗚嗚嗚……」大黃狗瘋狂地撕扯著，冰冷的怨氣從體內溢出。

砰的一聲，禁制掙開，穆方措手不及，頓時失去控制，噔噔噔退了好幾步。

大黃狗嗷嗚一聲，想再度撲向穆方。

「可惡！」穆方雙手一揚。

滅道之一，沖！

轟轟轟！

連續三道光柱出手，可大黃狗顯然具備著犬類的敏捷，幾乎沒怎麼費勁就躲過了攻擊。

不行，打不中。

穆方雙手一翻，再次用滅道之二。

待大黃狗衝到近前的時候，又是一張大網罩出，再度將之困住。

這次雖然加大了靈力輸出，但穆方依然感覺有些吃力，額頭很快就多了許多汗珠。

這狗太瘋了，這麼下去還是撐不住。

「妳趕緊帶那兩個傢伙先走。」穆方知道陳清雅不會輕易逃走，所以信口胡謅道：「他們陽氣太盛，影響我施法！」

陳清雅半信半疑，但真的擔心張宏和劉武影響到穆方，而且自己什麼法器都沒帶，眼下的確幫不上忙。

「我馬上回來。」陳清雅忙跑過去拖人。

劉武躺著的地方離大黃狗略近，她剛剛跑到劉武旁邊，大黃狗的鼻子動了一下，眼睛猛地盯上陳清雅。

「嗷嗷嗷嗷……」

大黃狗一陣咆哮，一股巨大力量突然爆發。穆方猝不及防，靈力斷絕，禁制登時被掙開了。

脫困之後，大黃狗沒理會穆方，身子一轉，直接向陳清雅猛撲而去。

「糟了！」穆方跺腳，連忙往前衝。

大黃狗是靈屍，只有襲擊的本能。除了攻擊讓它有威脅感的人之外，也會優先選擇離它最近的人。

陳清雅見狗撲來，也是一聲驚叫，翻身躲避。

可是她的速度慢了，雖然沒直接承受衝擊，卻被黃狗撲倒在地。

陳清雅拿膝蓋頂著狗肚子，兩手抵住狗脖子，大黃狗則嗷嗷地張著大嘴，朝她的臉和脖子就亂咬。

「死狗滾開！」穆方趕到了。

現在一人一狗滾在一起，穆方怕波及陳清雅，不敢使用滅道，只能撲上去抱住狗脖子，想把它扯開。

可這狗相當執著，不管穆方，就對著陳清雅狂咬。眼看陳清雅就要抵擋不住，那張醜陋的大嘴就要咬到臉上。

「嚓！」

獠牙刺入皮肉的聲音，還有鮮血濺出。

陳清雅眼睛一閉，萬念俱灰。

完了，自己就算不死，也肯定毀容了。

可很快她又感覺不對勁，的確有血腥味，但自己好像一點都不疼。

睜眼一看，頓時愕然。

原來是穆方看阻攔不住，竟然把右手塞進了狗嘴裡。大黃狗的尖牙，刺入了他的前臂。

穆方齜牙咧嘴，表情都扭曲了。

「穆方！」陳清雅驚叫。

現在穆方顧不上理會別的，在劇痛之下，力量倍增，嘿的一聲，終於把大黃狗從陳清雅身上拉開。

可是大黃狗卻沒鬆口的跡象，死咬著他不鬆嘴。

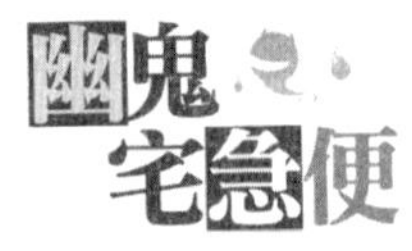

雯雯著急地邁步向前，體表靈力湧動。

陳清雅也急了，就要上前幫忙。

「都別過來！」穆方一聲大吼，將大黃狗身體猛地甩過頭頂，它的嘴裡，突然閃出耀眼的白芒。

什麼情況？難道這狗靈屍還會噴什麼東西？

陳清雅心急之下，更要上前。

不過雯雯見狀卻停下了步伐，她已經知道穆方想做什麼了。

滅道之一，沖！

大黃狗的身體，突然像氣球一樣膨脹起來。緊跟著，砰的一聲，血肉四濺，一道白芒直沖天際。

穆方在黃狗的嘴裡，施展了滅道之一。

「哈哈哈，這次看你怎麼躲！」穆方大笑，隨手甩掉黃狗的屍身。

因為是惡靈附體，大黃狗殘缺的半截身體依然在掙扎，不過此時此刻，已經沒有了半點威脅。

「穆方，你的手！」陳清雅焦急地跑到跟前，抬起他的手臂，上頭幾個血淋淋的血洞，半截前臂已經被鮮血布滿。

「沒事，皮肉傷。」穆方嘻嘻一笑：「再說我手臂上多幾個洞，總比妳被毀容好。」

陳清雅鼻子一酸，眼眶有些發紅：「可是你……」

「小事，回頭妳把疫苗的錢出了就行。」穆方看了看傷口，嘀咕道：「我可不想得狂犬病。」

陳清雅這次沒嘲笑穆方，反而更加擔心，掏出手帕幫他擦拭傷口，又取出一個小瓶子，撒了些藥粉上去。

「這藥是我大伯煉的，可以活血驅毒。」

穆方沒在意自己的傷口，看了看陳清雅手裡的瓶子，好像想起了什麼，問道：「妳身上有別的瓶子嗎？能拘禁靈體的。」

「有，你等等。」陳清雅簡單幫穆方包紮好，又拿出一個小瓷瓶：「你要這個做什麼？」

「當然是拘靈啊。」穆方接過瓶子，走到那還在地上掙扎的黃狗面前。

「它？」陳清雅奇怪道：「你直接把屍體毀掉不就行了嗎？」

「屍體毀掉，裡面的惡靈就完了。」穆方掐了個法訣，將黃狗體內的惡靈收進瓷瓶：「先裝著，之後有時間了把怨氣煉掉，這靈還可以入輪迴之門轉世。」

若是以前，陳清雅一定又是一番嘲笑，可是現在，她卻感覺心裡被什麼撞了一下，複雜道：「你心腸真好。」

「職業習慣而已。」穆方沒注意到陳清雅的異樣，將瓶子收進口袋裡：「這事妳別和妳爸他們說，我可不想再被教訓了。」

「不會的。」陳清雅擔心地看著穆方的手臂：「我先帶你去醫院驗血檢查吧，大伯的藥我也不知道行不行。那狗死了不知道多久，肯定有很多細菌，千萬別感染。」

「說的也是。」穆方深以為然，又瞥了眼旁邊：「對了，還有那兩個傢伙，之前也被打倒了，一起帶去醫院吧。」

「剛才我看了，他們只是被撞暈，沒事。」陳清雅走到劉武身邊蹲下，粗暴地用力搖晃：「醒醒，還要睡到什麼時候！」

正這個時候，穆方的手機突然震動起來，掏出來一看，臉色頓時沉了下去。

「草泥馬。」接通之後，他張口就是一句粗話。

來電話的，是司馬烈。

電話另外一端靜了一會，司馬烈的聲音才悠悠響起。

「對前輩出口成髒，這可不是什麼好習慣。」

「有屁就放，你還想幹嘛？」穆方瞥了陳清雅一眼，強壓怒火低聲道：「為什麼要對陳清雅出手？她並不知道我接了你的任務。」

「我沒說她知道，只是今天遇上這個機會，想順便讓你明白一件事。」司馬烈慢悠悠道：「你的親戚朋友很多，就算你肯捨掉韓青青的真靈，我也能找別人。」

「我……」穆方手一哆嗦，差點把電話甩出去。

「不要以為我是開玩笑。」司馬烈聲音低沉：「你見過司馬風和司馬玄水，應該很清楚，司馬家的人性子很直，沒什麼包容心和忍耐力。如果三天後還找不到雲霞的遊魂，你就可以準備替韓青青辦喪事了。而且，她只是個開始。」

言罷，司馬烈掛了電話。

「誰的電話？有事嗎？」陳清雅剛剛把張宏和劉武喚醒，隨口問了穆方一句。

「學校打來的，想讓我這個大考榜首給學弟學妹來場演講。」穆方臉上笑著，拿手機的手卻越來越緊。喀的一聲輕響，手機螢幕生生被他捏碎了。

司馬烈！你這個混蛋！

陳清雅帶著三人到醫院，並打了通電話給陳天明。

一聽說司馬烈出現，還發生了衝突，一大群人迅速殺到了醫院。在醫院做完檢查之後，又一大群人迅速地回到旅館。

事情的經過，陳清雅大致都如實複述，只是省略了穆方最後收起惡靈的細節。

司馬風等人分析，最後認定是司馬烈在下戰書，拿年輕人來威脅警告。出於安全考量，所有在外面的人全部撤回旅館，重新分組，由司馬玄水、陳天明，以及幾個和他們一樣的叔伯級人物，分別帶領幾個年輕弟子，確保安全。

穆方救了陳清雅，又受了傷，也被留在了旅館。雯雯也跟著到旅館，不過卻沒和他在一起，而是四處閒晃巡邏。

被穆方禁止參加戰鬥，她雖然勉強接受，心裡卻不是很痛快，就算不能打架，至少也要幫上點忙。她所能想到最好，也是最適合自己的方式，就是充當警衛。

穆方被安排在了司馬風隔壁的房間，而在這個房間內，原本還住著一個熟人。

穆方手臂纏著繃帶，吊在脖子上，一進門，就看到一張熟悉的面孔，正用戲謔的目光看著他。

「難得看你這麼狼狽呢，被狗咬的滋味不好受吧？」司馬山明道。

這個倒楣的傢伙，在穆方面前屢次吃癟，先是賭石、買畫的精神打擊，後來又被當成司馬烈差點被轟死。現在看到穆方狼狽的樣子，心裡頗有幾分暗爽。

穆方白了他一眼，一屁股坐到房間的沙發上，沒好氣道：「少在那幸災樂禍，至少我沒被關禁閉。」

「呃……」司馬山明的臉頓時垮了下來。

在尋找司馬烈的過程中，司馬山明表現得極為積極，積極得有些過頭。

前些天他碰到一個戴眼鏡、口罩，且身形與司馬烈有幾分相似的人，他激動之下，就去扯對方的口罩。對方當然不願意，兩人發生扭打，司馬山明用力過猛了些，不小心將人家的手臂扭傷了。

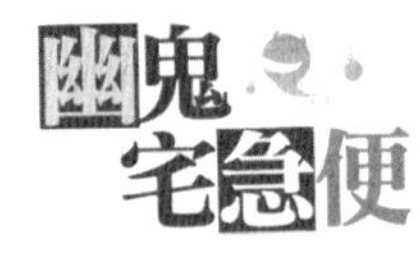

雖然最後賠錢了事，但司馬風還是氣得不行，直接要他關禁閉反省。這些日子，司馬山明連房間的門都沒出過，吃飯都是別人送進來。

「你真的沒看到烈爺爺嗎？」司馬山明沒繼續和穆方鬥嘴，走到另一張沙發前挨著穆方坐下。

「我寧可碰上他，至少他不會咬我。」穆方舉起手臂晃了晃，轉移了話題：「你那個烈爺爺手段還是真多，當個陣法大師也就罷了，竟然連靈屍都能弄出來。」

「他本來就是個學識很淵博的人，只可惜走錯了路……」司馬山明似有幾分傷感。

穆方心頭一動，瞥了司馬山明兩眼。

雲霞是二十三年的遊魂，也就是說，司馬烈被逐出家門時，二十出頭的司馬山明還沒出生，可是看他的反應，好像對司馬烈很了解的樣子。

穆方思索，司馬山明這些天一直在關禁閉，九成九不會知道自己和司馬風的談話內容，說不定可以從他身上找到突破口。

「你好像很了解司馬烈嘛。」穆方不動聲色，拿起茶几上的茶壺，為自己倒了杯茶。

「談不上了解，只是父親談得比較多。」司馬山明臉色黯然：「而且這些年來，我也找過烈爺爺幾次，雖然他表面上很凶，但每次都給我不小的幫助。最近找他，是他第一次趕我走，我想，應該是不希望我牽連進去吧。」

穆方眼珠轉了轉，故意用很自然的口氣道：「倒也是，雲霞的事確實比較麻煩。」

司馬山明一愣，愕然看向穆方：「你怎麼知道的？」

「我都這樣了，風前輩還可能瞞著嗎？」穆方故意晃了晃手臂，怨氣十足道：「人都死二十三年了，竟然還放不下，真不知道司馬烈腦子裡怎麼想的。」

穆方連年分都精確地說了出來，讓司馬山明信了大半，而且在房間裡憋了這麼多天，他也有些和人說點話的衝動。

「爺爺是不是沒全部告訴你？」司馬山明嘆道：「如果烈爺爺放棄，才是奇怪的事……」

「真是的，你們家人的習慣真差，話都說一半，要憋死我啊……」穆方順著話題，引導司馬山明一點一點說出二十三年前所發生的事。

司馬家是除靈世家，除了直系及旁系成員外，也會收一些外姓子弟，雲霞便是其中

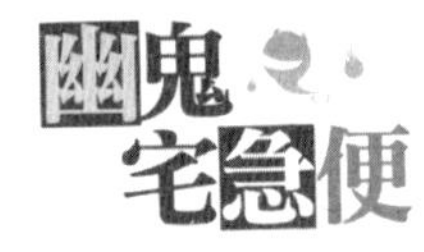

一個。

雲霞的靈力天賦一般，十八歲時還沒有達到通靈境初期，按照規矩，她將不再有機會成為除靈師，而是要轉到商業方面，為司馬家的世俗生意出力。普通人或許覺得沒什麼，但對於一個通靈者，等同於被拋棄。

為了留住成為除靈師的最後一線希望，雲霞主動請纓充當司馬烈的生活祕書。

當年的司馬烈，就是一個癡迷陣法的資深宅，如果不送飯給他，他可以在房間裡連續研究陣法幾天不吃不喝。

司馬家為他特地請了一個「生活祕書」，負責照顧他的飲食起居，可是，從來沒有人能忍受司馬烈超過一個月。

司馬烈脾氣古怪，對別人的態度十分惡劣。

以送飯來說，不是嫌冷就是嫌熱；若是他正在忙，就不能打擾，否則會挨罵；等他忙完了再送飯，他又會說害他挨餓，同樣要罵人。

他叫你炒一盤番茄炒蛋，端上去他嫌沒辣味；讓你燉一鍋紅燒肉，上了桌又說太多油。你稍微多問半句，飯碗就扣到你頭上。

司馬烈長著令人羨慕的年輕童顏，也有著讓人無法理喻的惡劣性格。以前他的生活祕書，都是司馬家的子弟們輪班，有時候甚至作為一種懲罰手段。

雲霞以前也照顧過幾次，同樣無法忍受，現在主動請纓，完全可說是破釜沉舟。沒人相信她能堅持下去，就連雲霞自己都有所懷疑，可是讓所有人都意外的是，她堅持了下去。

一個月，三個月，一年，兩年……

整整五年，司馬烈沒有好好和雲霞說過一句話，甚至還變著法地折磨。比如雲霞小時候曾掉進河裡，從此很怕水，司馬烈就故意坐船去釣魚。雲霞要是不去，就破口大罵；如果去了，只要表現出一點暈船難受的樣子，還是一頓大罵。

可不管是怎樣惡劣的態度，雲霞都堅持了下來，甚至因為接觸得深了，更加了解司馬烈的研究，反而對他越來越尊敬，每天笑臉相對，連眉頭都沒有皺過半次。

司馬烈表面上對雲霞的態度沒什麼變化，一如既往地冷言冷語，但突然有一天主動提出，要將雲霞作為他的關門弟子。

此後幾年當中，不論司馬烈外出除靈，還是在某處閉關，都會時時刻刻把雲霞帶在身邊。

在司馬烈的教導下，雲霞突破了通靈境中期的實力，實現了成為除靈師的夢想。又過了兩年，司馬烈的性子似乎也變了，對人不再冷言冷語，即便面對晚輩弟子也會和顏悅色。司馬家的眾人跌破眼鏡，更是對雲霞佩服萬分。

司馬風曾笑言，雲霞是先祖派來的幸運使者，專門為整治司馬烈而來。

可在雲霞二十八歲的時候，發生了一件事。

她的生命走向了終點。

雲霞心臟不好，是先天的，而且她自己也知道這一點，正是明白生命有限，她才一直堅持夢想。

司馬家其他人只是表示惋惜，感慨紅顏薄命，可是司馬烈的反應，卻是出乎意料地激烈。

在醫生委婉表示無法救治時，司馬烈差點把醫生當場掐死，如果不是司馬風恰好在場，甚至連醫院都可能被他拆掉。後來雲霞咽氣，司馬烈又不允許火化或者下葬，而是把屍體冰封了起來，並追蹤找到雲霞的遊魂，將其封印帶回。

這個時候，司馬風才明白，司馬烈對雲霞的感情沒那麼簡單。然而當時司馬風已有退隱之心，剛剛把大兒子司馬玄青扶上家主之位，一時大意，沒意識到司馬烈想做什麼，才沒來得及阻止後來的慘劇。

司馬烈布了一個上古凶陣，並以試驗陣法的名義，找了二十餘名族中子弟協助。那個陣法，是傳聞中可以起死回生、重聚真靈的禁忌之陣，凶險至極，不管成功與否，二十名協助布陣的子弟都會身死道消。

司馬玄青有所察覺，前往阻止。

不知道是不是因為司馬玄青的阻止，陣法最終沒有成功，但二十餘名族中子弟的性命也沒有保住，甚至連司馬玄青自己，都面臨真靈破碎的危險。

在最後時刻，司馬烈用自己的靈力，保住了司馬玄青的命，但是他和司馬玄青，也都變成了沒有靈力的廢人。

這件事對司馬家的衝擊非常大，多年來都是一個禁忌的話題。

司馬山明之所以對司馬烈的情感複雜，正是因為司馬烈既是害他父親的人，又是救他父親的人。

了解完這一切後，穆方沉默了好一會，忽然覺得有些理解司馬烈了。

很明顯，他對雲霞的感情絕非師徒那麼單純，如果處在同樣的位置，把雲霞換成韓青青，自己又會做什麼呢？

穆方突然感到有些困惑。

07

去划船

見穆方在那發呆，司馬山明突然意識到了什麼。

「你和我說實話，你到底知不知道雲霞的事？」他臉色有些難看。

穆方的反應太奇怪了，絕不是事先就知道雲霞的樣子。

「現在知道得更詳細。」穆方嘿嘿一笑：「不過你最好保密，要不然你爺爺肯定得關你更多天禁閉。」

「靠，你這個狡猾的混蛋！」司馬山明臉都紫了。

自己早該想到才對，怎麼又上了這混蛋的當！

正要發作，突然有人敲門，他咬牙切齒對穆方低聲道：「你要是敢說出去，我跟你沒完！」

穆方在嘴上做了一個拉上拉鍊的動作，示意自己絕對不會說。

司馬山明又狠狠瞪了他一眼，起身去開門。

敲門的是陳清雅，她端著托盤，上面放著一壺熱騰騰的牛奶和一小竹籃水果。

「嘿，清雅，還是妳好。」司馬山明很高興：「知道我沒睡，還送牛奶……」

「滾邊去，不是給你的。」陳清雅把他的手打開，端著盤子走到穆方面前。

穆方連忙站起來。

「你別動，坐著就好。」陳清雅柔聲道：「被狗咬傷，要多吃高蛋白食物，還要補充維生素。」

「噢，謝謝……」穆方接過盤子。

司馬山明在旁邊不滿地抱怨道：「清雅，妳這樣不對啊，就算這小子救了妳，也不能厚此薄彼吧。」

陳清雅白了他一眼：「放心，等你哪天被狗咬了，我也送牛奶給你。」

說著，把盤子放到茶几上。

「為了喝牛奶被狗咬？」司馬山明撇了撇嘴：「那還是算了吧。」

陳清雅沒理會他，見到穆方手邊放的茶杯，頓時皺眉。

「忘了醫生說的嗎?不要飲酒、喝濃茶、咖啡，也不要吃有刺激性的食物。同時要避免受涼、劇烈運動或過度疲勞，防止感冒……」

她將茶杯拿走，嘮嘮叨叨地說了一大堆。

穆方和司馬山明都聽得一愣一愣的，一點話都插不上。

陳清雅可能也感覺自己話有點多了，臉紅了一下。

「很晚了，你趕快休息吧。」丟下一句，轉身快步走出房間。

看著門關上，司馬山明眨了眨眼，好像明白了點什麼，轉向穆方，意味深長道：「我越來越佩服你了，這都搞得定。」

「什麼意思？」穆方不明所以。

「還裝。」司馬山明打了個哈欠：「懶得理你，我要睡了。」

待司馬山明睡下，李文忠悄悄飛來一次，了解了事情經過，當然少不了一頓責罵，讓穆方下次不能再單獨行動，否則的話，就算沒狗咬他，李文忠也得啄死他。

打發走李文忠，穆方直接就躺上床睡了。

連續幾天不睡覺不休息，就算鐵人也扛不住，自打從李文忠的黑獄結界出來，穆方第一次好好睡了一覺。

第二天早上，穆方睡得正迷糊，就被刺耳的脆響吵醒。

他揉了揉眼睛，坐起身，才發現司馬山明早已經醒了，正打開門，從外面接進來一份早點。

「才幾點啊，這麼早就吃早餐。」穆方看了眼掛在牆上的時鐘，還不到六點。

「沒辦法啊，對面是公園，一大早就有人活動喧鬧，天天這樣，想睡也睡不著。」司馬山明似乎已經習慣了。

穆方下床走到窗前，向對面望了望。

對面的公園裡面有很多人，下棋聊天、跑步健身。有十幾個老人正拿著又粗又長的皮鞭，抽打一個個超大號的陀螺。啪啪的皮鞭聲響，像打雷似地傳出老遠。

「這幫老爺爺可真有精神。」穆方打了個哈欠：「不過要是天天這樣，大早上的可真受不了。」

穆方很喜歡睡懶覺，要是每天被吵醒，他一定會抓狂。

「才不光是早上呢。」司馬山明抱怨道：「昨天你們從醫院回來得晚，沒聽見，不然每天晚上，對面還會有一群大媽跳舞，音樂的動靜不比鞭子小，那個更是摧殘耳朵。」

「噢，這個我倒是知道。」穆方依稀記得之前見司馬風時聽到過，當時司馬風好像也對此有些怨氣。

這麼吵的地方，不換旅館就算了，也不換個房間……

穆方心裡剛這麼想，突然精神一振，好像抓到了什麼似的。

那天司馬玄水就說要換房，但被司馬風拒絕了。他為什麼要拒絕呢？又不麻煩。

還有，昨天司馬烈在電話裡說，司馬家的人性子很直，沒什麼耐心。這話雖然有威脅自己的意思，卻也不是假話。通靈者都喜歡清靜，司馬風為什麼要一直忍受這些噪音？

心裡想著，穆方不由自主地打量起對面的公園。

公園面積不大，但五臟俱全，人工堆砌的土山上種滿了花花草草，聳立著許多石雕，正中間挖了一個人工湖，還有湖心島，有山有水的，頗為漂亮。只不過穆方看過去，總覺得有哪裡不太對。

「看什麼呢？」司馬山明見穆方半天沒動，順嘴問道。

「對面的公園。」

「設計那公園的人就是個白癡。」司馬山明哼道：「那人工湖是在河道上改的，東西走向，四周盡是土山和高樓大廈，一年四季陽光都很難射入，水又屬陰，挺好的地方生生建成個聚陰池。好在這裡人潮多，也不住人，要是在中間那個湖心島建個房子住人，非得風濕病不可。」

穆方眼睛豁然一亮！

對，就是這個！司馬風為什麼不換房間，我終於明白了！

他喜不自勝，隨便把衣服套上就要往外走。

「去哪？」司馬山明越發覺得穆方奇怪。

「去公園划船。」穆方道。

話音未落，陳清雅正好從門口走進來，聽見穆方的話。

「划船？」陳清雅看了看穆方的手臂：「你這樣怎麼划啊？」

「那我們一起。」不由分說，穆方拉著她就往外走。

陳清雅明顯還沒搞清狀況，就這麼懵懵懂懂地跟著走了出去。

司馬山明嘴巴張得老大，半天都沒合上。

這臭小子，連臉都不洗就把人約出去了，也太誇張了吧！不過，租船塢現在就開始營業了嗎？

過了不到半個小時，穆方悻悻地跑了回來。

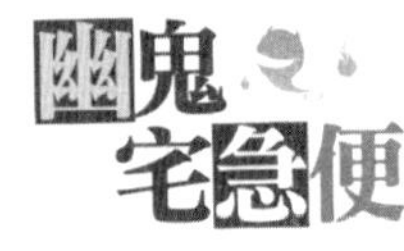

公園的確很早就可以進去活動，但裡面的娛樂設施至少要等到八點。洗臉、刷牙、吃早飯，磨磨蹭蹭地把時間耗掉，快到八點的時候，穆方又帶著陳清雅去了公園。張宏和劉武又想跟著，被陳清雅狠狠地罵了回去。

不過這麼一番動靜，司馬風和陳天明等人，全都知道了。

司馬風、司馬玄水、陳天明，三人站在窗邊，望著對面的公園。

穆方和陳清雅坐在一條腳踏船上，正在人工湖上遊玩。

「山明這小子太不爭氣了。」司馬玄水搖頭：「挺好的女孩，竟然便宜別人。」

陳天明眼皮跳了跳，臉色糾結：「玄水兄說笑了，清雅和穆方只是朋友而已。」

「自己的女兒你不知道？」司馬玄水怪笑：「清雅和山明才是朋友，可和穆方……嘿嘿，不像呢……」

陳天明臉色越發不自然，無奈地嘆了口氣。

他自己的女兒，他當然清楚。以前陳清雅對穆方是真沒什麼，最多只是好奇心重一些，可是昨天晚上他發現，自己的女兒變了，尤其是看穆方的眼神，絕不是簡簡單單的感激。

今天更明顯了，這大早上的划哪門子船啊？結果穆方說去，陳清雅連半點遲疑都沒有，就直接跟著去了。這要是沒問題，才真的是不正常。

「行了，別沉著臉。」司馬玄水笑道：「那小子雖然有些地方讓人生氣，但人品還是沒問題的。而且年輕一輩當中，能讓你我都吃癟的人也就他一個，只要好好指引，未來的前途不可限量。」

陳天明微微點頭。「等會他們回來，我和穆方談一談。」

其實陳天明對穆方本身沒什麼意見，他在意的是穆方的師門。三界郵差的傳言很多，但沒什麼實證，可是穆方用的那些功法，的確與他們熟知的術法明顯不同。如果穆方和陳清雅真有所發展，這些東西必須要弄清楚。

司馬風一直沒有發表意見，眼中卻閃過幾分擔憂。

今天不是週末，時間又早，湖裡只有穆方和陳清雅一艘船。說是划船，但現在已經很難再找到帶船槳的遊船，穆方隨便選了一艘腳踏船，就下了水。

　　陳清雅坐在穆方斜對面，低頭揪著衣角，似乎有些緊張。可穆方根本沒心思看她，悄悄開了靈目，一邊控制著方向嘩啦嘩啦地在那蹬船前進，一邊瞪著眼睛四下搜尋。

　　穆方在找遊魂，找雲霞的遊魂。

　　司馬風寧可忍受嘈雜，也堅持待在那個房間，一定有他的理由。當司馬山明說出聚陰池後，穆方一下就醒悟了。

　　作為司馬烈的兄長，司馬風肯定比任何人都清楚自己兄弟想要什麼，雲霞的遊魂是很好的誘餌，但若是帶在身邊，必然要承擔一定風險。最穩妥的辦法，是藏在一個觸手可及，而司馬烈又找不到的地方。

　　這個公園是聚陰之地，遊魂眾多，把雲霞藏在這裡再合適不過了。

　　穆方沒見過雲霞的相片，但這對他構不成困擾，一眼看過去，遊魂的名字自然會印進他的腦海。只是有一點讓他有些始料未及，遊魂數目實在太多了。

　　因為是聚陰之地，即便白天也有遊魂出沒，水面上、湖心島上、四周的土山上，都可以看到遊魂在活動。密度雖然沒有墳場之類的特殊環境大，但也相當可觀。

　　一個個名字連續閃過，弄得穆方頭昏腦脹，他揉了揉腦袋，很是頭疼。

遊魂太多了，這麼傻找下去，也不知道什麼時候找得完。司馬風這老頭子，能把雲霞藏到哪呢？

穆方回頭望了望旅館樓房，突然心頭一動，問道：「清雅……」

「不行！」陳清雅一個激靈，猛然抬頭。

「什麼不行啊？我還沒說完呢。」穆方莫名其妙。

他就是想問問司馬風住哪個房間，卻沒想到陳清雅反應這麼大。

穆方哪裡知道，自從上了船，陳清雅就一直很緊張，越不說話她就越緊張，生怕穆方突然說出什麼讓她受刺激的內容。穆方剛一開口，她就下意識地喊了出來。

「你、你想問什麼？」陳清雅臉紅了。

穆方更奇怪了，但還是說道：「我是想問問妳，風前輩住哪個房間，妳從這能看到嗎？」

「這個啊。」陳清雅鬆了口氣，但心中也有幾分失望，抬頭望向旅館，指道：「第十層，應該是靠近中間的那幾個。確切是哪個窗戶，我就不知道了。」

「噢。」穆方瞇著眼睛，開始在心中模擬，猜測司馬風從窗戶，都能看到哪些地方。

「你問這個幹什麼？」陳清雅問。

「沒什麼啦。」穆方想了想，問道：「妳還想玩嗎？不想玩我們就回去吧。」

他打算先回去，從樓上確認方位再下來找。可他這麼一問，卻忽略了陳清雅的感受。

「你什麼意思啊？」陳清雅有些生氣：「大清早把我拉出來，現在又莫名其妙地回去！」

面對她的怒氣，穆方也有些尷尬。

早知道這裡的船不用槳，他就不必叫陳清雅陪著了，搞得現在進退兩難。

他不能說明真相，也不知道該如何道歉，只能一個勁兒地賠不是。

陳清雅反而更不高興了，直接讓穆方把船靠邊，自己先回旅館去了。

等穆方將船還回去，張宏和劉武正在旅館大廳等著他，他們就像鬥雞似的，好像隨時要跟他拚命。

「呃，兩位……」穆方大概已經猜到了是什麼事。

自己帶陳清雅去坐船，已經讓這兩個醋罈子不爽了，結果陳清雅又氣呼呼地回了旅館，他們要是不來找麻煩才怪。

「你對清雅做了什麼？」果然，劉武上來就是一句。

「沒做什麼。」穆方這次是真的有點心虛。

「沒做什麼？那清雅為什麼生氣！」張宏一激動，眼鏡差點從鼻梁上掉下去。

穆方自覺是自己理虧，但說也說不清楚，無奈道：「總之這件事是我不對，你們要是不爽，可以現在揍我一頓，我保證不還手。不過最好快點，我趕時間。」

張宏和劉武頓時被噎住了。

大眼瞪小眼地憋了好一會，穆方表露出要走的意圖，張宏才鬱悶道：「我師父找你。」

穆方眨了眨眼。

張宏的師父？那不就是陳天明嗎？真不愧是陳家大小姐，惹她一個不高興，竟然連陳天明都親自出馬問罪。

「陳先生……」進了陳天明的房間，穆方剛要開口道歉，就被陳天明打斷了。

「叫我陳伯伯就好。」陳天明擺了擺手：「坐下說話。」

「呃，謝謝陳先……謝謝陳伯伯。」穆方滿頭霧水，隨手關上房門，莫名其妙地坐了下來。

這麼客氣，不像是問罪的樣子啊。

「我陳家是閩南的大家族，有上百年的歷史。」陳天明侃侃而談：「肩負除靈師職責的人，只是直系成員的一少部分，此外還有很多族人做別的，比如從政、經商，即便以純粹世俗的眼光衡量，陳家在閩南也是舉足輕重。清雅是年輕一輩中唯一的女孩子，她的未來，家族中每個人都會關注……」

陳天明上來吧啦吧啦說了一堆，穆方頗為無奈。就算是興師問罪，也不用把姿態擺這麼高吧？

「陳伯伯，的確是我草率了……」穆方努力斟酌著詞句，想著怎麼才能讓道歉誠懇一點。

「無妨。」陳天明笑道：「我陳家歷來開明，從不搞門當戶對那一套，只要你們自己中意，絕不會橫加干涉。只不過婚姻大事，我們這些做父母的，總歸是要問一問。」

「噢，那還……什麼？」穆方差點沒跳起來。「婚姻大事？誰和誰的婚姻大事？」

陳天明臉色一沉：「小子，我知道現在年輕人浮躁，多不拿感情當回事，但清雅不一樣。如果你只是抱著戲耍的心態，別怪我翻臉不認人。」

「不是，陳伯伯，陳先生……」穆方腦袋裡亂糟糟的，結巴了好幾句才把思緒轉過來，哭笑不得道：「您可別聽那兩個醋……嗯，可別聽您那兩個徒弟瞎說，我和清雅真的沒什麼。」

陳天明狐疑地看著穆方，沒開口。

「咳，老實和您說吧。」穆方解釋道：「我今天就是心血來潮想去坐船，手又受傷不能握槳，才麻煩清雅。要是知道公園的船是腳踏的，我就自己去了……」

陳天明盯著穆方的眼睛看了一會，突然意識到自己犯了一個錯誤。

對他來說，自己女兒那麼漂亮，那麼優秀，被人喜歡是理所當然的事，當察覺到陳清雅表露出的情愫之後，自然就覺得兩個年輕人已經在一起了，可自始至終，壓根沒去考慮穆方的態度。

其實也不光是他，司馬玄水、司馬山明，大家都是這個想法。

哎，這下可烏龍了，該不會搞了半天，穆方這傻小子根本就沒那意思吧？

想通其中關節，陳天明一陣頭疼，也有些惱火，脫口道：「我女兒哪點不好了？」

穆方頗為無語，不知道陳天明是唱哪一齣，也不知道該怎麼接口。

陳天明話說出口，老臉也是一紅。

他開始後悔這次談話了，但也沒了退路，既然話都說到這，也只能將這層紙捅破。

「穆方，你覺得清雅怎麼樣？」陳天明語氣和藹了很多。

「挺好的，人漂亮，心地善良，有前途，有抱負……」穆方不會誇人，但人家老爸當面問了，總得挑好聽的說。

「那你對她，是什麼想法？」陳天明又問。

穆方則是又有點傻了。

什麼想法？我哪有什麼想法啊，我現在只想知道你是什麼想法。

見穆方支支吾吾的，陳天明倒是多了幾分好感。有時候對感情木訥不是一件壞事，至少說明這個人比較老實。

「據我觀察，清雅對你是有好感的。」陳天明把話說白了。

這次穆方是徹底傻眼了，愕然地看向陳天明。

「看來你是真不知道啊。」陳天明很無奈。當老爸的還要幫女兒開導心儀對象，這算什麼事啊。不過也沒辦法，誰叫自己就這麼一個寶貝女兒呢。

「我自己的女兒，我自己看得明白。」陳天明嘆道：「雖然清雅年紀不大，但對她的終身大事，家裡一直沒有放下過。這麼多年來，優秀的年輕人她見了不知道多少，可是沒有一個能讓她動心的……」

話說到這，穆方要是還不明白，那就真是傻子了。

「陳伯伯。」穆方幾乎是本能地打斷了陳天明，乾笑道：「清雅那麼優秀，我哪配得上啊。再說她跟山明大哥，不是挺合得來嗎……」

「山明我的確考慮過，但他們不來電。」陳天明道：「我只要你一句話，如果你也有這個意思，我就不再摻和了。先前我們也調查過你，雖然家境普通，但你父母為人做事都頗讓人欽佩，他們教育出的孩子，品德方面我信得過。唯一讓我在意的，是你的師門……」

「陳伯伯，您等等。」穆方雞皮疙瘩都起來了。怎麼一來二去，又扯到終身大事上了？

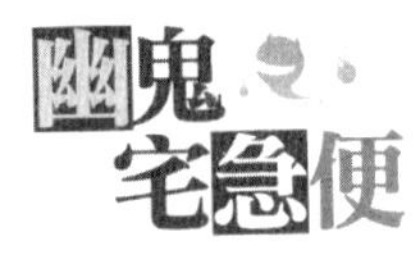

而且這件事，是真的不行！

對於陳清雅喜歡自己這件事，他是真的被嚇到了。

仔細想想，他和陳清雅也沒接觸多少次，而且自己這麼吊兒郎當的德行，怎麼還會被那麼清冷漂亮的女孩喜歡？

如果換個人跟他說，穆方打死都不會信，可是陳天明是陳清雅的老爸，就算閒著沒事，也不會拿自己女兒的終身大事開玩笑。

如果是以前的話，穆方肯定是樂得開花，就算當上門女婿說不定都願意。可是現在不一樣了，穆方已經看清了自己的心，看到了心裡的那個人。

「陳伯伯，請恕我冒昧再三打斷您，但是有些事情，我務必要讓您知道。」

穆方緩緩呼了一口氣，神情莊敬。

「你講。」陳天明微微點頭。

「說實話，如果今天您這番話是在幾個月前說，我一定高興得跳起來。」穆方苦笑：「長這麼大，從沒有女生喜歡過我，更別說清雅這麼漂亮的女生。」

陳天明沒有出聲，知道穆方後面還有話。

「可是現在，我不能答應。」穆方滿懷歉意道：「或許是我的一些舉動，讓清雅產生了誤會，如果是這樣的話，以後我會注意。」

「你的意思是，你不喜歡清雅？」陳天明皺眉道：「可以告訴我是什麼原因嗎？是她的性格？還是除靈師的身分？還是我給你的壓力？」

「都不是。」穆方遲疑了下，語氣堅定了起來：「我心裡已經有一個人了。」

突然匡的一聲，房門好像被什麼撞了一下，穆方側頭看了一眼。

「我陳天明的女兒，比不上別人嗎？」陳天明沒去看房門，臉色難看。

「若論家世，我陳家別的不敢說，在閩南一地當屬翹楚。你們黑水市不是有個叫宋逸來的首富嗎？他和我們也有生意往來。但就算把他全部產業賣了，也不過我陳家九牛之一毛。若論相貌，你也都看在眼裡，即便和那些當紅的影視歌星相比，清雅也是不遑多讓。」

以陳天明的身分和素養，本不會說這些話，可是現在，他是真的被氣到了。

哪怕穆方說別的理由，比方和除靈師理念的分歧啊、無法承受大家族的壓力什麼的，他都能接受，可是，穆方偏偏選了一個最讓他不能接受的理由。

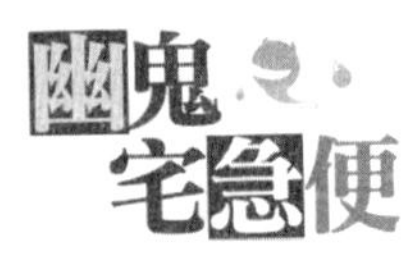

能讓自己的寶貝女兒動心，是你這小子幾輩子的福分，你非但不珍惜，竟然堂而皇之地說心裡有別人？什麼人能比過我陳天明的女兒！

「陳伯伯，從很多方面來說，我喜歡的那個人或許真的比不過清雅。」穆方可以理解陳天明的憤怒，不過此時他更明白自己的心意。

「她任性、脾氣壞、暴力……和她在一起的時候，我多半都得被她數落，所以我常常躲她躲得遠遠的，生怕不留神就碰到了。更甚至，我不能肯定她是不是喜歡我……」

他嘆了口氣，但語氣越發堅定。

「可是，每次和她分開，我都不自主地想她。尤其是在發現自己可能失去她的時候，我真的很害怕，從沒有過地害怕。我已經決定，待所有的事情解決之後，就把心裡話告訴她，不管得到的回應如何，我都不會後悔自己的決定。我實在無法欺騙自己，我心裡……有她。」

陳天明的怒火早已消退，剩下的只有無奈。

他是過來人，也許比穆方還了解那種感受，只是因為牽扯到愛女，心中委實有些不甘。

陳天明沉默片刻，開口道：「既然你有選擇，我也不好再說什麼，不過，我希望你還是再好好考慮。如果那個女孩拒絕你……」

「陳伯伯，我知道您想表達什麼。」穆方輕聲打斷了陳天明：「那個女孩是否喜歡我，都無礙我面對清雅的立場。清雅是個好女孩，我不能做對她不公平的事情，那樣她不會幸福，您心中也會有芥蒂。」

穆方和陳天明都沒有把話說明，但兩人都明白雙方在表達什麼。

愛情當中不存在替代品，就算穆方被喜歡的人拒絕，也不可能回頭就把陳清雅攬入懷中。

如果那樣做了，是對自己的不尊重，更是對陳清雅不公平。

「陳伯伯，以後我會注意把握和清雅相處的分寸，如果有必要，我也可以迴避。」

穆方站起身，向陳天明深深鞠了一躬，轉身緩步離開。

陳天明沒有作聲，只是默默地點了根菸。

穆方剛剛打開門，幾個人就栽了進來。一對眼，都有些尷尬。

陳清雅、張宏、劉武，甚至於司馬玄水，還有禁閉期的司馬山明，全在門外偷聽。

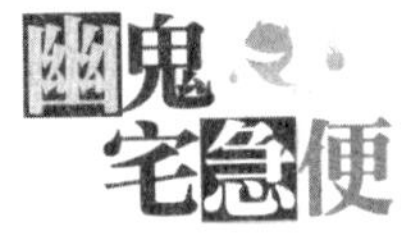

「嗯，我找天明兄有事。」為老不尊的司馬玄水咳嗽了兩聲，進屋把門一關，把一群小輩都擋在了門外。

「清雅……」穆方勉強笑了下。

陳清雅沒什麼表情，看了看尷尬的穆方，直接轉身離開。

穆方嘆了口氣，一扭頭，對上了張宏和劉武兩張臉。

「是不是很想揍我？」穆方苦笑。

張宏哼了一聲：「是很想，不過算了。」

劉武接口：「看來你還算是個男子漢。」

兩人轉身，追在陳清雅後面也走了。

穆方又把視線轉向司馬山明，鬱悶道：「你想說什麼？」

「噢，沒啥。」司馬山明幸災樂禍道：「就是想提醒你，陳家其他長輩可沒天明叔這麼好說話，尤其是清雅的大伯陳天寶。所以……你死定了！」

「滾。」穆方沒好氣地捶了司馬山明一拳，直接回了房間。

他和司馬山明的房間在司馬風隔壁，看對面公園的視角差不多，他到窗前用手機拍了幾張照片，直接拿上背包轉身出了門。司馬山明問去哪，他也沒正面回答，只隨口搪塞了句。

發生了陳清雅這件事，不管今天找不找得到雲霞，這旅館他都沒法再回來住了。

結果剛剛下樓走出電梯，就看見陳清雅站在外面。

穆方尷尬地低著頭，打算從旁邊繞過去。

陳清雅沒攔他，不過突然說了句話：「你有你的堅持，我也有我的堅持。」

穆方步伐頓了下。

「你心中的那個她，應該是青青吧？如果見到她，提醒她小心哦。」陳清雅一笑：「如果不珍惜的話，有些東西可是會被搶走的。」

「啊？」

穆方不明所以地轉過身時，陳清雅已經走進了電梯，只留給他一個清冷颯然的背影。

穆方呆站了一會，自嘲地搖了搖頭。

算了，反正女孩子的心思自己怎麼也不會懂，當務之急，還是快去把雲霞找出來。

他定了定神，邁步走出旅館大門。

08

引蛇出洞

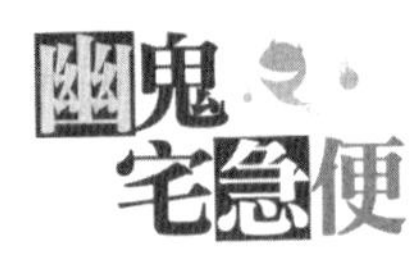

走出門口沒多遠，穆方就覺得肩膀一沉，雯雯跳了上來。

「我都聽到了哦。」雯雯瞇著眼睛：「韓青青和陳清雅都很漂亮，開後宮不就行了嗎？一王二后誒，多棒啊。」

「小屁孩，妳都從哪學的。」穆方揉了揉雯雯的腦袋。

「咕，我也會看電視的。」雯雯舔了舔爪子：「是那隻老鳥讓我過來，問你去公園做什麼？」

穆方往遠方一望，李文忠站在不遠處的樹上。可能是因為白天人多，怕引人注意，才沒有飛到穆方跟前。

「那公園是個聚陰池，我怕司馬烈在那搞鬼。」穆方目不斜視地繼續往前走，從李文忠停腳的樹杈下走過：「現在我再去看看，沒事我就回去。」

「別惹事，我盯著你呢。」李文忠低聲警告。

穆方知道，李文忠肯定已經懷疑了什麼，不過眼下還不到說實話的時候。

從接了任務的那刻起，穆方就等於被司馬烈牽著鼻子走，只是到了現在，藉著收集到的情報資訊，他隱隱覺得主動權在向自己這邊轉移了。

只要找到雲霞的遊魂，就該輪到他跟司馬烈玩了！

司馬風站在窗前，見穆方又進了公園，並租了艘船下水，眉頭越發緊皺。

看來，這小子應該發現那裡是個聚陰池了，要不然不會莫名其妙地一直往那跑。他是去做什麼？難道是知道了雲霞的事？

可即便他知道，也不會就想到什麼吧。玄水他們同樣知道，卻也沒想到我會把雲霞藏在那麼遠的地方。

過了一會，司馬風又自嘲地搖了搖頭。

真是老了，總是那麼多顧慮。就算能想到又能怎樣？註定是白跑一趟。

那裡聚集的遊魂可不少，我更是替雲霞的遊魂做了偽裝，就算阿烈去查看，也不可能認出。

自我安慰的司馬風並不知道，穆方根本不需要確認容貌。三界郵差眼中，眾靈皆顯本相，只要名字對，就不會找錯人。

穆方坐在船上，拿出手機翻開在旅館拍攝的照片，猜測雲霞所在之地。

如果想把雲霞的遊魂藏在這，要麼封禁在某個小瓶子埋著，要麼就是把雲霞混在其他遊魂之中。

一般而言，應該是封禁在某個容器裡比較穩妥，尋隱祕處一埋，想找出來可不是容易的事。可想想司馬烈的身分，這種可能性就可以剔除了。

陣師精通各種封禁之法，就算是不認識的封陣，也能發現端倪，如果真用這方法，反而等於替司馬烈標了記號。

所以上午來的時候，穆方就把目標鎖定在那些閒散的遊魂身上。

遊魂是沒有執念之地的靈體，其之所以成為遊魂，正是因為靈力淡薄，無法抵達執念之地，導致失去神智四處遊蕩。

公園中間這湖泊周圍是聚陰池，只要將遊魂放於這裡，就算沒有封禁限制，也不會遠離。不過司馬風為了便於觀察，肯定不會任由雲霞在整個公園亂晃。

從旅館窗戶的位置可以俯瞰整座公園，但若是山體的背側，卻也不可能瞧見。雲霞所在方位，一定是個沒有觀察死角的地方。

穆方在照片上看來看去，最後把目光鎖定在了湖心島上。

說是湖心島，實際上只是一個觀賞用的小山包，上面修建了一座小亭子，以及些許雕塑，並沒有遊人攀爬行走的道路。

看著湖心島，穆方突然想起司馬山明說過的事情。

雲霞，好像很怕水。

遊魂雖然沒有生前記憶，但留有一定本能，如果活著時怕水，變成遊魂也會潛意識地恐懼。說不定，司馬風就是用這一點限制雲霞的行動。

一個四面有水、觀察起來沒有死角的地方……

想到這，穆方蹬著腳踏船，向湖心島靠了過去。開啟靈目，在島上的遊魂身上來回搜索。

而旅館十樓，司馬風一直在窗口觀察著穆方，見船靠近湖心島，心中頓時一凜。

這個小子，不會真的發現了吧？可是，他不可能認出雲霞才對。

穆方不知司馬風正盯著自己，還在島上的遊魂之間尋找，看來看去，突然一個名字從腦海中閃過，猛地將目光轉了回去。

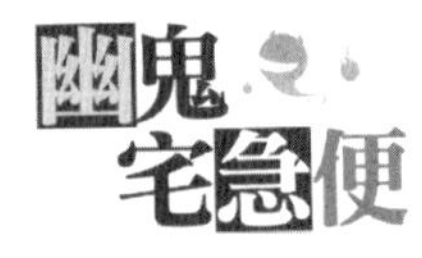

那是一個面部浮腫的中年男人，頭髮亂糟糟的，衣服也很破爛，像是一個乞丐。但是映入穆方腦海中的資訊，卻是另外一番光景。

雲霞：二十三年遊魂，女，病故，卒年二十八歲。

名字是她，年分也對得上，可是，怎麼是個男人啊？難道雲霞是女身男相，就長這個樣子？

穆方有些糊塗。

之前他尋找的時候，都只看女遊魂，如果不是偶然掃到，十有八九會錯過這個靈。

「你看什麼呢？」雯雯問。

「那個男人，很醜的那個。」穆方皺著眉頭繼續觀察。

雯雯看了幾眼，點頭道：「是挺醜。不知道是不是自殺死的，腦袋上還扎著針。」

「針？」穆方一愣：「在哪？」

「耳朵上面的位置啊。」雯雯點了點穆方的腦袋：「這個部位。」

穆方又仔細看了看，果然發現了問題。

在那個疑似雲霞的男人頭髮裡，有一點點的晶亮，應該是針的末端。如果不是雯雯指出來，以人的視力根本不會注意到。

「原來是這樣……」穆方嘴角微微挑起。

理論上，靈體不會改變本來的樣子，但也不是全無辦法。比如頭髮和衣物，以一些靈力攻伐之法，就可以破壞掉一部分，得不到充分的靈力滋養，遊魂很難自行恢復。而面部，以靈力凝聚成針，刺入特殊穴位，便會導致面部變形，五官扭曲，雖然這對靈力強度和技巧有一定的要求，但也不是不能做到。

而作為五靈王之一的司馬風，顯然有這樣的能力。

這個人就是雲霞，錯不了！

穆方難掩興奮，幾乎想馬上到島上交付任務，這樣一來，天道便會把韓青青的真靈位置告訴他。

不過，他還是把這股衝動克制住了。

司馬烈不是善男信女，就像他威脅的話那樣，沒了韓青青，他也可以去抓別人。而且這次救得了，下一次呢？誰能保證司馬烈不再對韓青青出手？即便是現在，他多半也在什麼地方監視著自己。

穆方思索了一會，對雯雯道：「妳再仔細看看，雲霞身上有沒有什麼特別的東西。」

穆方慢悠悠地駕著船，圍著湖心島轉圈，眼睛繼續漫無目的地四處打量。雯雯則趴在穆方肩頭，上上下下地仔細觀察雲霞。

過了一段時間，雯雯耳語了一番，穆方臉上露出了笑容。

司馬烈，現在該換你和老子玩玩了！

穆方調轉船頭，轉向遊船船塢。

司馬風在窗口遠遠望見，吊起的心總算放了下去。

此時他並不知道，真正讓他擔心的事情，還在後面。

穆方從來不認為自己是一個擅長動腦子的人，玩陰謀詭計肯定玩不過司馬烈，所以他雖然有了一個對付司馬烈的計畫，但也是相當簡單粗暴。

說白點，就是團結一切可以團結的力量，圍毆痛揍司馬烈！

「雯雯，司馬烈在附近嗎？」穆方看似若無其事地走在公園裡，低聲對肩上的雯雯詢問。

「能感受到他的氣息，但有段距離。」雯雯道：「他好像是顧忌什麼，一到旅館附近，就會把距離拉得很遠。」

「大概是發現忠哥了吧。」穆方低頭沉思。

李文忠雖然說過在人間界被壓制力量，但穆方對這種壓制並沒有實際的概念。不過單從感知這方面來看，還真是差得不是一點半點，雯雯早就察覺了司馬烈，可李文忠好像一點都不知道。

穆方走出公園，李文忠就站在不遠處的樹上。

「忠哥。」穆方站到樹下：「別裝了，司馬烈都發現你了。」

李文忠一驚，低頭疑惑地看向穆方。

「是雯雯發現的。」穆方故意模稜兩可道：「她剛剛感應到外面被監視了，多半是司馬烈。」

李文忠看了看穆方，將目光轉向雯雯：「確定是司馬烈嗎？」

「八九不離十吧。」雯雯舔了舔爪子。

「那麼……」李文忠又問：「你真的是剛剛才發現？」

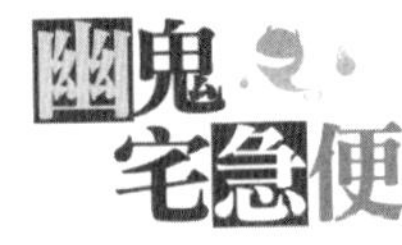

雯雯頓了下，穆方搶著答道：「當然是剛剛了，一發現我馬上就來通知……哎呦……」

話還沒說完，李文忠就飛下樹梢，狠啄穆方腦袋一口，疼得他立刻抱頭蹲了下去。

「給你最後一次機會，你到底還瞞我多少東西！」李文忠怒不可遏。

其實打從一開始，李文忠就察覺穆方瞞了他很多事。但是老薛之前有交代，穆方是三界郵差，一舉一動都可能影響天道，若無必要，盡量不要多加干涉，所以他從來都是警告，沒有逼迫過穆方什麼。

不過現在，他突然意識到，穆方隱瞞的東西可能比他想像的更麻煩。

「忠哥，過後我保證把所有事都告訴你。」穆方還是沒正面回答，壓低聲音道：「但現在當務之急，是把司馬烈抓出來，對吧？現在他監視著我們不現身，一直這樣也不是辦法啊。」

「什麼時候你都是一肚子歪理！」李文忠很生氣，但還是下意識地瞥了下他處。

對於自己被司馬烈監視而毫無察覺這件事，讓李文忠感覺很恥辱。在人間界這麼多年，還是頭一次出現這種情況，有一剎那他甚至衝動地想解開力量封印，直接把司馬烈找出來滅殺算了。

「你有辦法引他出來？」李文忠糾結了一會，還是選擇了妥協。不是為穆方，而是為老薛。

「有辦法。」穆方肯定地點了點頭：「不過，機會只有一次。得把那些除靈師拉進來，不然我擔心搞不定司馬烈。」

李文忠搖頭：「那些除靈師不可靠，等大人到了再說。」

穆方追問：「師父什麼時候到？」

如果能在這兩天趕到，穆方也不是不能等。相對於司馬風等人，穆方自然更信任老薛。

「不好說。」李文忠思索道：「應該是被什麼事情耽誤了，但應該不會太久，估計半個月內就來了。」

「太久了。」穆方無奈：「最遲明天，晚了就沒機會了。」

「為什麼？」李文忠狐疑：「是晚了沒機會抓司馬烈，還是晚了會耽誤你什麼事？」

穆方眨了眨眼，第一次感覺到李文忠還真是不好糊弄。

「反正我決定明天行動。忠哥你要是不出手，我就和那些除靈師合作。」穆方祭出了殺手鐧，耍無賴。

李文忠氣得毛都要炸起來了，卻又無可奈何。如果不是老薛有交代，他才不想管！

「那你就去吧。」李文忠憋著火氣：「但有一點，如果你敢讓自己有個三長兩短，我扒了你的皮！」

這話有些矛盾，卻是李文忠的真實想法。

搞定李文忠，穆方又去聯繫司馬風等人。

本想打給陳清雅，可轉念一想，撥了司馬山明的號碼。

「什麼事啊……」電話一接通，司馬山明就是一陣怪笑：「話說在前頭，如果想從我這打聽清雅的事，你恐怕找錯人……」

「我找到司馬烈了。」穆方打斷道。

「烈爺爺?在哪!」司馬山明的聲調明顯變了。

「現在還不知道。」穆方慢條斯理道：「不過司馬烈打電話給我，說要和我單挑報仇，時間地點都讓我定。我已經和他約好，就這個公園，今天晚上。」

「你站那別動，我等等再打給你。」司馬山明掛了電話。

穆方也不著急，隨便找了個石凳坐下。

很快，手機鈴聲響了起來。

「穆方，你到旅館來。」司馬山明催促道：「爺爺要見你。」

「不去了，司馬烈現在可能就在附近。」穆方果斷拒絕。

他現在很有自知之明，跟李文忠、司馬風這樣的老江湖玩心眼，自己遠遠不夠道行。若是進了旅館的房間，司馬風怕是不會有李文忠這麼好說話。

電話另外一邊沉默了一陣，又過了一會，司馬風的聲音傳了出來。

「穆方，是不是你發現什麼了？」他明顯在壓抑著情緒，聲調壓得很低：「如果你堅持介入阿烈的事，我可以讓你參與，不過在具體行動方面，我希望你不要太衝動。現在我周圍沒別人，我們可以談一談。」

「風前輩，您的話我聽了很糊塗啊。是司馬烈找上我，我不能不接著。」穆方故作無奈狀：「當然，我也會害怕，所以才把地點定在公園。這裡是個聚陰池，對我的功法有利，再就是您住對面，實在撐不住還能求個援什麼的……」

穆方在這胡說八道，司馬風半天沒回應，只一個勁地喘氣，顯然是被氣到了。

他活了這麼大歲數，哪個晚輩見到不尊著敬著，什麼時候被一個小孩子這麼耍過？若是以他的脾氣，就算不下樓一腳踢死穆方，也得去把雲霞的遊魂收回。

可是眼下，他卻不得不顧忌。

穆方滿嘴就沒幾句實話，但也透露出一些資訊。

不管真實原因是什麼，司馬烈是真的聯絡了穆方。否則的話，穆方不會肯定地把時間定在今晚。而根據司馬風對自己弟弟的了解，既然聯繫了，多半是真的已經在附近，如果自己貿然去回收雲霞遊魂，說不定正中他下懷。

「風前輩，您看……」見司馬風不說話，穆方試探地問了句。

其實他真沒有不尊重司馬風的意思，只是現在沒別的法子。如果不能控制住局面，韓青青就危險了。

「今天晚上什麼時間？什麼地點？」司馬風最終無奈地嘆了口氣。

穆方用的都是陽謀，話不用多說，事就擺在那，想避也避不了。既然這樣，還不如順勢而為。

當然，司馬風也有自己的打算，不會甘心一直被牽著鼻子走。不過在機會到來之前，他只能暫時妥協。

穆方想了下，回道：「就在公園，凌晨一點前後，確切時間不知道。」

司馬烈就在附近，穆方可以選擇在任何時間打電話給他。時間定得晚一點，也免得動靜太大，引起普通人注意。要是把警察引來，事情就不好收拾了。

「公園很大，詳細地點呢？我提前帶人埋伏。」司馬風不動聲色地追問。

司馬風也是試探，想看看穆方到底知道多少內情。如果可能的話，他還是想找機會收回雲霞的遊魂。

「風前輩和其他人待在房間比較好，免得司馬烈起疑。」穆方回道：「詳細地點我也不好說，不過只要司馬烈到來，我會竭盡全力拖住他，讓前輩有充足的時間趕到。」

這話挑不出什麼問題，司馬風也只得作罷，就細節方面和穆方探討了幾句，隨後掛了電話。

穆方看著手機，輕輕吐了一口氣。

演員差不多找齊了，接下來，就看今天晚上這齣大戲，能唱成什麼樣了。

穆方沒有離開公園，一個人東逛西逛，雯雯不知道跑去了什麼地方。待到晚上，他找攤位買了份速食，吃完後就找張椅子躺下打盹，一直到深夜，都沒從椅子上起來。

到快十二點時，穆方的手機鈴聲突然響起。掏出來一看，他的嘴角露出一抹笑意。是司馬烈的電話。

穆方心中一直有個疑慮，就是在尋找雲霞這件事上，司馬烈著不著急。

通過找三界郵差送信這件事來尋找遊魂，雖然也不失為有效的謀略，但還是略顯周折，而且要承擔一定風險，如果有選擇的話，至少穆方自己肯定不會繞這個圈子。暫時蟄伏，和那些除靈師比耐心，才是最正確的選擇。

之前因為擔心韓青青，他沒心思考慮這個。現在雲霞的遊魂已經有了眉目，所以穆方打算試一試司馬烈。

原本穆方是打算過了零點，如果司馬烈不主動聯繫，他就打電話過去。現在司馬烈主動打來，說明他比穆方想像的還要心急。

穆方急著尋找雲霞，是因為韓青青的真靈只能支撐七日。而司馬烈急著尋找雲霞，又是為什麼呢？

「你在做什麼？」電話一接通，司馬烈便出言質問。

因為李文忠的存在，司馬烈跟蹤監視的時候，即便以陣法隱藏身形，也不敢離得太近。

穆方白天的舉動很古怪，司馬烈有些懷疑，一開始還耐著性子等，可到這麼晚了，看穆方還沒什麼動作，就有些沉不住氣了。

穆方從椅子上坐起，抬頭看了旅館窗戶一眼。

隱隱約約，似乎看到司馬風所在房間的窗簾微微動了一下。

按照事先約好的，穆方什麼時候打暗號，司馬風什麼時候行動。

「我說自己睡過頭了，你信嗎？」穆方只是調侃了句，並沒有發出暗號。

司馬烈下意識就想喝斥穆方，但腦中突然靈光一閃，沉聲問道：「你莫非已經找到了雲霞的遊魂？」

穆方暗自翻了個白眼。

這幫老傢伙，還真是一個比一個精明，半點都瞞不了。

「對，找到了。」穆方道：「如果我沒看錯的話，雲霞的左耳後面有兩顆紅痣，非

常小，緊貼著耳垂根部。」

「找到了為什麼還不去送信！」司馬烈雖然在努力克制，但還是不難感受到他語氣中隱含的激動。

連司馬颪都未必注意到雲霞耳朵後面有紅痣，穆方能說出來，就說明他真的見到了雲霞。

「你送的是口信。」穆方故意很不耐煩道：「之前我送信給高琳娜的時候，難道你沒注意嗎？當時羅小美也是口信，所以她才總跟著我。送信人不到場，口信怎麼送啊……」

司馬烈對三界郵差似乎有所了解，但穆方肯定他不會了解那麼透澈。這番話說出來，司馬烈果然信了。

「雲霞在哪？」司馬烈問。

「就在這個公園。」穆方道：「要不然你以為我在這耗著幹什麼？白天遊魂不能收信，只能等晚上。」

「小子，你最好別跟我耍花樣！」司馬烈語氣冰冷：「這個公園是聚陰池，我之前調查過好幾次，雲霞並不在裡面！」

「你要是能找到，還要我這個郵差做什麼？」穆方故作惱火道：「我找不到人，你他媽的威脅我。現在我找到了，你又不信！」

司馬烈沉默了一會，似乎在思索。

「我說個地方，你帶她來見我。」司馬烈又開了口，但還是保持著警惕。

「不可能。」穆方越發地不耐煩：「一般遊魂的確可以帶走，但現在雲霞是收信人，會被限制在原地。你見過哪個郵差送信，是把收信人帶到寄信人跟前的？」

司馬烈又沉默片刻，忽然很突兀地冷笑道：「白天你的電話，應該是打給司馬風的吧，還有那隻奇怪的烏鴉。」

穆方沒吭聲。

司馬烈又是一聲冷笑：「小子，跟我玩這種小伎倆，未免太嫩了。我警告你……」嘟，司馬烈話還沒說完，穆方就把電話給掛了，隨後往椅子上一躺，抱著手臂閉目養神。

幾分鐘後，手機鈴聲響起，穆方按下接聽鍵。

「喂。」

司馬烈聲音憤怒：「小子，不要太自以為事……」

啪，不等話說完，穆方又把電話掛了。

這次很快，電話又一次響起，穆方接通的同時搶白道：「如果你不能好好說話，那咱們就不用談了。」

司馬烈被堵得說不出話，半天沒吭聲。

「現在你好像不像之前那麼急躁了。」司馬烈再度開口，聲音平復了很多：「莫非是覺得找到雲霞，就有和我平等對話的本錢了？三界郵差，可以對自己的送信對象出手？」

司馬烈自然知道穆方依仗什麼，但他不相信穆方會對雲霞下手。

「以前當然不會，但你覺得現在這個時候，我還能堅持什麼原則嗎？」穆方語氣平淡：「更何況，我也不需要親手做什麼。」

「我什麼都沒親眼看到。」司馬烈冷笑：「你憑什麼讓我相信雲霞在你手上？」

「你知道跟我在一起的那隻貓吧？」穆方突然問。

「很有趣的小傢伙。」司馬烈不置可否。

穆方微微一笑：「那個有趣的小傢伙，現在和雲霞在一起……」

話音未落，穆方就感到一股異樣的靈力波動在左後方升起，還摻雜著令人戰慄的氣息。

司馬烈的殺意！

「你可真不鎮定呢。」穆方轉過身，臉上盡是笑意。

「看來你不擔心你的小女友了。」司馬烈聲音越發冷冽：「也許你女朋友的慘叫聲，能讓你發昏的腦袋清醒一些！」

「對了，有件事忘記告訴你。」穆方有恃無恐：「三界郵差的任務受天道監控，韓青青的真靈現在是報酬，任務未完成之前，你動不了她。若是不信，儘管試試。」

「小子，你以為我不敢嗎？」氣息很快消淡下去，但司馬烈聲音明顯帶著緊張。

他之所以沒用威脅的手段逼迫司馬風，並非是念及同宗情誼，而是擔心把司馬風逼急了。司馬風是守舊派，固執得很，若是手段太激烈，說不定他反手就把雲霞的遊魂滅殺掉。

通過司馬烈的觀察了解，他看出穆方是一個有情有義之人，絕不會像司馬風那般。

而之前事情的發展軌跡，也應證了他的推斷。可是，這一切的大前提，是建立在他能把

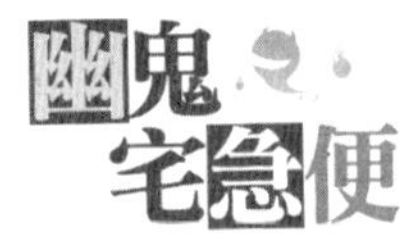

韓青青抓在手心。如果傷害不了韓青青，穆方能幹出什麼事，他就沒底了。

電話沒有掛斷，司馬烈也沒有再說話。

穆方不著急，耐心地等著。

足足過了五分鐘，司馬烈的聲音再次出現。

「小子，算我棋差一著。」這次聲音的來源不是電話，而是穆方的正前方。

空氣似乎扭曲了一下，司馬烈的身影顯現出來。

「見過烈前輩。」穆方不敢確認是真人還是幻象，上前了一步，佯作行禮，腳下卻稍微用了點力，踢動幾顆石子，撞在司馬烈的鞋上。

穆方這才暗暗鬆了口氣。

這個狡猾的老狐狸，總算是出來了！

施禮完畢，他將手收回，隨意地撥了右側的頭髮。

一直躲在酒店的司馬風看到穆方的手勢，當即拿起手機，沉聲道：「玄水，天明，可以動了。」

09

惡戰司馬烈

此時在司馬風的眼中，穆方面前依然是空蕩蕩一片，但既然看到了信號，還是果斷下達了指令。

司馬烈現身後，面無表情地看著穆方，一句話都沒說，甚至等司馬玄水和陳天明帶著幾十名除靈師趕到，也沒有任何舉動。

穆方本來感覺已經把握住了主動權，現在卻越發不安起來。

「烈叔。」司馬玄水往前走了兩步，抱拳道：「多年未見，烈叔神采依舊。」

司馬烈偏頭看了司馬玄水一眼，問道：「我大哥呢？」

「阿烈。」司馬風分開眾人走出：「懸崖勒馬，時猶未晚。」

自此，司馬風、司馬玄水、陳天明、司馬山明、陳清雅、張宏、劉武……所有除靈師都到了。

目光陸續掃過眾人的面龐，司馬烈沉默了一會，突然笑了。

「大哥，想不到你也有失手的時候。」他輕笑：「今天這個陣仗可不是你的風格。現在看來，雲霞果真已經落到穆方手裡了。」

司馬風表情不變，也沒接司馬烈的話頭，只說道：「阿烈，此時此刻你已無退路，速速束手就擒吧。」

司馬烈笑了笑，將頭轉向穆方：「現在，我可以見雲霞了嗎？」

穆方皺了皺眉。

都已經被包圍了還見什麼雲霞。這司馬烈，究竟在打什麼算盤？

司馬風同樣疑惑。

司馬烈並不是喜歡虛張聲勢的人，難道他還有什麼依仗不成？

「我在問你話。」司馬烈繼續向穆方問道，向前邁出半步。

圍在四周的除靈師們如臨大敵，幾乎同時跟著動了一下，更有沉不住氣的人喝道：「司馬烈，你這個家族叛徒，事到如今，還說那麼多做什麼！」

司馬烈頭都沒回，只抬手打了個響指。

砰的一聲，地面突然暴起一團沙土，狠狠撞在了說話那人的胸口。那人就如同斷線的風箏，倒摔出去五、六米遠。

眾人驚怒，又有人怒斥，但話一出口，地面沙土再度鼓起，將他們打飛出去。

「不想有事，就別亂動。」司馬烈沉聲道：「這裡剛剛被我布了狻猊禁言陣，除了

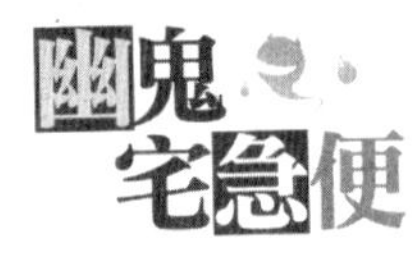

我和穆方，任何人只要離開原地半步，或開口說話，都會遭受攻擊。」

司馬風等人頓時色變。

狻猊是傳說中的古代神獸，平生喜靜不喜動，這陣法以其命名，最早是用於修佛坐禪的禁制，只要有人說話，便會招致陣法的攻擊。而司馬烈所布的禁言陣，顯然比原始版本的威力大很多。

「我再問你最後一遍。」司馬烈兩眼灼灼地看著穆方：「雲霞在哪？」

穆方雙手靈力湧動，神經緊繃。

算計錯了！

司馬烈沒想到天道會護住韓青青，這一點的確是他失算，但是同時，穆方也算錯了一件事。

司馬烈並不懼怕除靈師，他唯一顧忌的，只是雲霞而已！現在既然雲霞已經不在司馬風的掌握之下，他自然不會再有顧忌。

「看來，我需要先掃除你心中的僥倖。」司馬烈兩手微抬，掌心幽光閃閃。

穆方不再遲疑，單手一揚。

滅道之一，沖！

一道白芒，直奔司馬烈而去。

今天這樣的陽謀，不可能再使用第二次。趁著這麼多除靈師在，無論如何都要把司馬烈拿下！

一道屏障在司馬烈身前出現，白芒在屏障上炸開。

穆方手不停歇，滅道之一連續出手。

在轟隆隆的聲響當中，司馬風也發出了指令。

「兩家三代弟子不要動，玄水、天明等人隨我出手！」

司馬風左手放下一壓，輕而易舉地擊散禁言陣發出的攻擊，接著右手一撚，三張黃符迎風自燃，化作三道金光捲向司馬烈。

狻猊禁言陣雖然厲害，卻對司馬風這等聚靈境高手構不成威脅。

陳天明和司馬玄水等幾名第二代高手，也能憑藉自身力量對抗陣法禁制。雖然不如司馬風那般輕鬆，卻也各自發出攻擊。

穆方一邊攻擊，不禁一邊偷瞥司馬風。

司馬烈縱使有萬般過錯，終歸也是司馬風的親弟弟，沒想到這老頭出手毫不容情，好像比自己還狠，完全是滅殺司馬烈的架勢。

在各方攻擊之下，司馬烈渾身上下都被光華和氣浪覆蓋，但是漸漸的，穆方感覺不對勁，總覺得那些暴起的光華在變淡。

疑惑中，他停止了攻擊。

司馬風等人的攻勢並未減緩，可光華還是越來越淡，甚至連衝擊的爆炸聲都越來越小。

很快，司馬烈的身形又顯現出來，他隨意地站著，身體被滿是圖紋的光罩包裹著。不管怎樣的攻擊，都猶如泥牛入海，徹底被光罩融了進去。

司馬風等人也停手，各個面露狐疑。

這也是陣法？還是什麼護身法器？

「就憑你們，也想傷我？」司馬烈嗤笑了幾聲，突然面色一寒：「你們打完了，該輪到我了！」

唰，一個巨大的陣圖從司馬烈腳底升起，旋轉著緩緩變大。恰巧有幾片落葉飄落，瞬間被陣圖邊緣切碎。

那股恐怖而充滿殺氣的靈力，已經遠遠超過通靈境的水準。

「小心！」

在穆方的大吼聲中，司馬烈雙手一攤，陣圖嗡的一聲，閃電般地向四周擴大。

司馬風等人咬牙站定，迅速以金剛符等手段架起防禦，想要擋住這一擊。如此恐怖的靈力，如果他們躲開，那些年輕弟子多半會血濺當場。

「愚蠢。」司馬烈挑起嘴角。

突然，嗤的一聲輕響，陣圖瞬間消散。就連保護司馬烈的光罩，都好像肥皂泡一樣瞬間破散。

司馬烈皺眉，雙手捏起法訣，似乎想重新祭陣，可是除了些許火花似的光斑之外，再也沒有半點動靜。

「是誰？」司馬烈環視四周，言語中帶著驚怒。

竟然有人破了他的陣？兩大世家不可能有這樣的人物，不，人間界都不可能有！

「九九歸元陣……」

一個低沉的嗓音從樹下響起。

眾人尋聲望去，一個穿著仿古黑衣的精瘦男子站在那裡。

「忠哥！」穆方大喜。

李文忠總算出手了，可是，他怎麼變成人的樣子？之前不是說在人間界只能以烏鴉形態出現嗎？

李文忠盯著司馬烈：「這是靈界的陣法，凡人絕無可能布出。能不能告訴我，你是和靈界的哪個傢伙簽了靈魂契約？」

司馬烈面色鐵青，司馬風等人也是面面相覷。

這個男人是什麼時候來的？穆方似乎認識他，難道他就是穆方神祕的師父？

「你是什麼人？怎麼會知道我的陣法和靈魂契約？」司馬烈惡狠狠地瞪著李文忠。

李文忠哼了一聲，嘴唇微微動了動。

別人都沒聽到他說什麼，但穆方卻聽到了一陣細語。

「司馬烈用結界把公園封鎖了，所以我才能以本體出現。我們長話短說，司馬烈用特殊的方法借到了靈界某人的力量，我已經暫時將他們之間的聯繫切斷，但持續不了太久，也無法進行戰鬥。在我脫力之前，務必將他拿下！」

穆方點頭，向司馬風道：「風前輩，現在司馬烈無法使用陣法，機不可失！」

司馬風聞言，率先向司馬烈攻去，司馬玄水等人緊隨其後。

現在連禁言陣都已失效，司馬烈就如同沒了牙的老虎，可是讓穆方意外的是，他竟然幾乎沒做任何反抗。

司馬風輕而易舉將司馬烈撂倒，手腕一抖就是六道捆靈索套了上去。緊跟著，司馬玄水和陳天明摸出根繩子，將他捆了個結結實實。

看著被捆成粽子的司馬烈，穆方突然產生一種不真實的感覺。

那麼多的周折和凶險，就這麼結束了嗎？

被捆起來的司馬烈沒有掙扎，兩隻眼睛死死盯著穆方，毫不理會在一旁和他說話的司馬風。

「穆方，你的任務不繼續了嗎！」司馬烈突然大吼。

司馬風、司馬玄水、陳天明等人沒聽明白，下意識將目光轉向穆方。

穆方走到近前，嘆了口氣：「我的任務肯定會繼續，但並不需要你到場。有一點你可以放心，我會找一處黃泉之門，將雲霞送入靈界，待時機成熟，可入輪迴轉世。」

「韓青青的真靈你也不需要了？」司馬烈好像很不甘心。

「只要完成任務，我自然會知曉青青真靈所在。」穆方沒再看司馬烈，轉身向司馬風微微欠身：「司馬烈就交予前輩，只是不知道，雲霞的遊魂可否交予晚輩處理？」

司馬風點頭：「雖然你之前的舉動令我不快，但既然阿烈已經束手，雲霞的遊魂我留著無用，交予你也是無妨。」

司馬風頓了頓，又繼續道：「另外，我想請你引見下尊師。」

相對於司馬烈被擒，此時司馬風等人反而更在意李文忠。

剛才交手的時間並不長，但司馬烈表現出的戰力卻是壓倒性的，如果繼續下去，就算還能拿下司馬烈，傷亡也一定不小。

結果一轉眼的工夫，司馬烈最仰仗的陣法就被破了，雖然穆方沒說，但任誰都能想到必然是李文忠的手段。這樣的人物，他們竟然沒聽說過。

「那不是我師父。」穆方撓了撓腦袋：「一定要說的話，應該算是師兄吧……」

李文忠對老薛一口一個大人，怎麼看都不像是平輩人物，所以穆方乾脆安了個師兄的名頭給他。

這一下，司馬風等人更是驚得不輕。

那麼厲害的人，竟然只是穆方師兄？那教授他們的，又會是怎樣的人物？

「你師兄人呢？」司馬玄水詢問。

「可能走了吧。」穆方回頭找了找。

司馬烈被抓，他就沒再看到李文忠，樹上也沒有鳥類的影子。

「師父和師兄都不喜歡出現於人前。」穆方抱歉道：「請諸位前輩勿怪。」

「無妨。」司馬風似乎有些感慨，對穆方道：「令師兄等高人，行事非我等所能揣摩，不過若有機會，還望能代為引薦。」

因為李文忠的緣故，司馬風對穆方都多了幾分客氣。

穆方又客氣了一番，抱拳道：「司馬烈就交予前輩了，晚輩還有其他事要辦。」

司馬風點頭：「希望你忙完之後，能再來找老夫一趟。老夫有太多的問題，想要小友解惑了。」

眾人一一向穆方拜別，押著司馬烈往公園外走去。陳清雅似乎有話想向穆方說，但還是沒有開口，跟著其他人一起離開。

穆方打算去湖心島找雲霞交付任務時，不經意地瞥了司馬烈一眼。

乍看之下，司馬烈面無表情，但不知為什麼，穆方覺得他的眼神很詭異。

似乎，帶著某種期待。

都已經變成階下囚了，他還想幹什麼？

穆方晃了晃頭，決定不再胡思亂想，快步向人工湖跑去。

當務之急，還是快將信件送到，早些救出韓青青的真靈。

如今深夜無人，穆方悄悄解開一艘遊船，駛過人工湖，到湖心島上岸。

雲霞還在老地方木然地走來走去，看上去一切如常。

「雯雯，雯雯？」穆方四下打量。

一道白影倏地從穆方腳下躍起，跳上肩頭。

「你警惕性真差。」雯雯揮了揮爪子：「如果我是壞人，你現在已經死掉了。」

「小機靈鬼。」穆方撓了撓雯雯的下巴，笑道：「誰叫妳隱藏得那麼好，任誰來也發現不了妳呀。」

雯雯得意地昂了昂頭。

穆方走到雲霞身邊，伸出兩根手指，捏住耳上的靈念針，迅速拔了出來。

念針化作一片光點消散，雲霞的五官也開始變化。

一片虛幻之後，一張秀麗的容顏展露出來。

這是一個很漂亮的女人，只是雙眼呆滯，和其他遊魂一樣渾渾噩噩。

「雲霞。」穆方輕輕開口：「司馬烈，很捨不得妳。」

嗡的一聲，一片幽光從雲霞頭頂罩下。

緊跟著，又一個光團在穆方身側閃現，漸漸擴大，一個人影顯露出來。

「青青！」穆方又驚又喜。

以前做完任務，都是寄信人交付報酬，現在韓青青自動出現在面前，想來是司馬烈無法交付，便由天道代勞了。

韓青青眨了眨眼，四下張望，看到穆方先是一喜，隨後又緊張地四下張望。

不過穆方擔心又是幻象，便伸手摸了摸，感覺到靈體的觸感，總算把心放了下來。

「亂摸什麼啊！」韓青青沒好氣地打開穆方的手，提醒道：「你要小心，那老混蛋一直在監視你……」

「不用擔心。」穆方笑道：「司馬烈已經被抓住了，現在我們都是安全的。」

「是嗎？」韓青青半信半疑。

得到穆方再三肯定的回答後，韓青青的面孔又變了，似笑非笑道：「既然安全了，我們可以放心聊聊了。」

「聊什麼？」穆方有了不妙的感覺。

「聊你啊。」韓青青橫眉豎目：「忘了剛才老娘說什麼了嗎？那老混蛋天天監視著你，老娘同樣也看得很清楚呢。」

穆方縮了縮脖子，心虛道：「我什麼都沒幹啊……」

「呦，難不成是我看走眼了？」韓青青翻著眼睛：「某人和別的女生，逛公園，划小船，真是逍遙得很呢。」

「不是，青青，那個……」穆方張口結舌、面紅耳赤。

若是以前，穆方多半翻個白眼，幾句話就解釋了。可是現在心裡認清了一些東西，腦子反而越發轉不過彎。

看穆方那著急的樣子，板著臉的韓青青突然噗嗤笑了。

「看你那白癡樣，逗你的。」韓青青咯咯笑道：「我又不傻，你剛剛才交任務，我哪裡會不知道你是來找雲霞的。」

笑的同時，她的眼裡也閃過幾抹異樣。

她知道穆方對陳清雅沒意思，但女人的心思只有女人明白。在划船的時候，陳清雅的眼神太明顯了，韓青青當時就斷定，她肯定也對穆方動了心。

她心裡忿忿。

跟老娘搶男人，休想！等我真靈回去，就先把這傻小子吃了，看妳怎麼搶！

「真是怕了妳。」看著咯咯笑的韓青青，穆方一臉無奈。

不過聽韓青青提到雲霞，他轉身看了一眼，忍不住嘆道：「這次的任務我真是失職。」

「為什麼？」韓青青奇怪：「你沒完成？」

「完成了，但不合格。」穆方搖搖頭：「三界郵差的使命是傳遞眾靈之念，我雖然把司馬烈的口信帶到，但雲霞為遊魂，並未真正收到司馬烈的『眷戀』。所以這次任務，並不能算成功。」

韓青青皺著眉頭努力地思索了下，還是聽不大明白，但看穆方神色失落，便想安慰他一下。可還沒等她開口，另外一個聲音突然響起。

「沒有關係，我可以讓你的任務變得完美一些。」

聽到這個聲音，穆方大駭，一把將韓青青拽到身後。雯雯也是靈力激蕩，喉嚨裡呼呼作響，和穆方看向亭子的方向。

在湖心島中央的亭子裡，一個人影顯現出來。

司馬烈！

他現身之後，直直地看著雲霞，眼中是無盡的溫柔和愛戀。

「你怎麼會在這？」穆方驚怒。

他不是被司馬風等人抓走了嗎？難道被他跑了？真是一群笨蛋。早知道當時就該幹掉這個傢伙。

「你應該是覺得我逃跑了吧？」司馬烈似笑非笑，從腳底下拎起一個東西，隨手丟給穆方。

穆方伸手接住，隨即大驚失色。

「忠哥？」

竟然是變化成烏鴉形態的李文忠。

此時他身上多了好幾道暗色光環，身體被捆得繃直。

穆方想要扯掉光環，雯雯也來幫忙，可是那些光環就像是長在上頭一樣，沒有半點鬆動的跡象。

「別費勁了，這個禁制你們解不開。」

李文忠眼中十分不甘：「我們中計了。」

司馬烈微微一笑：「也不算中計。若不是你們小瞧了那人的力量，或許現在你們已經得逞了。」

其實，早在司馬烈發現韓青青的真靈被天道守住之後，立刻就改變了策略，在很短的時間之內布了幾個陣法，定了一個計中計。

司馬烈知道，只有他被抓住，穆方才會去完成任務，那隻貓也不會在之前傷害雲霞。他首先讓穆方等人誤以為他自恃實力高深，以一己之力負隅頑抗，之後李文忠出手破陣，便佯裝束手就擒。

演戲要演得逼真，所以戰鬥時司馬烈沒有絲毫留手。而要想成功，他也要賭贏兩件事。

李文忠是靈界之人，能截斷他的力量來源，這是其一。李文忠的力量，強不過與他簽訂契約之人，這是其二。

事實證明，他全部賭贏了。

「忠哥，那個靈魂契約到底是什麼？司馬烈有幫手？」雖然聽了解釋，但穆方還是不太懂。

「陣師不能像三界郵差一樣行走三界，卻可以和靈界的某些傢伙取得聯繫。陣師之所以恐怖，正是因為他們可以借到那些力量。」李文忠嘆了口氣：「之前我以為能切斷他們的聯繫，但對方的力量超乎我的想像，一時不察，反而著了道。」

聽到這，穆方總算明白為什麼剛剛找不到李文忠了，他應該是被禁錮起來，而不是自己走掉。

只怕自己剛剛一轉身，其他人就也遭了司馬烈的手段。

可惡！

穆方放下李文忠，雙手靈力湧動。

「勸你別衝動。」司馬烈微笑：「你不是我的對手，而且你難道不擔心傷到旁邊那個女孩嗎？現在的她沒有天道守護了吧。」

穆方心頭一凜，下意識看了韓青青一眼。

韓青青還是真靈狀態，聽不懂司馬烈的話，見穆方看她，無畏地揮了揮拳頭：「別怕，揍他！」

穆方搖了搖頭，看向司馬烈。「你想怎麼樣？」

「你的任務完成了，你可以離開。」司馬烈再度將目光轉向雲霞，聲音輕柔了許多：「而我，自然要完成未完成的事。」

「九靈篡命圖？」穆方一驚：「你把惡靈集齊了？你又害了誰！」

「其實早就收集齊了，只是我沒有意識到。」司馬烈輕輕拂過雲霞的面龐，靈力湧

動，將她破損的衣物和頭髮恢復原狀。

「雲霞，別著急，妳馬上就能徹底恢復了。」

司馬烈緩緩抬起頭，雙目沉靜。

突然，他額頭就像是開了一隻眼睛，從中湧出一道氣流，將自身環繞起來，化作一縷縷的氣焰，宛如烈火升騰。

「不好！」李文忠突然大叫：「他是要以身煉靈，自成惡體！」

「什麼？」穆方再度失色。

穆方集中精神，以靈目望去，漸漸地，些許資訊浮現在腦海。

司馬烈：一日惡靈，男，自焚，卒年五十八歲。

他徹底呆滯了。

司馬烈所說的靈體，竟然是他自己？為了完成九靈篡命圖，他竟然做到這種地步！

司馬烈害人無數，死後定成惡靈，其靈雖無殺生之罪，但生前罪孽深重，依然難逃天道之眼。可是同時，卻也符合了九靈篡命圖的惡靈標準。

「哈哈哈啊，惡靈惡靈，有誰又能惡得過我？」司馬烈仰天長嘯，一道漆黑的光柱直沖夜空。

與此同時，遠方也分別升起數條黑色光柱。

九靈篡命圖，發動！

「穆方，阻止他！」李文忠急道：「九靈篡命圖一旦發動，陣眼方圓百里的靈體都會被焚化，更甚者，連凡人的真靈都會受到影響！」

九靈篡命圖的危害，穆方已經聽了很多遍，不等李文忠提醒，便將滅道之三出手。

滅道之一攻殺，滅道之二困敵，現在司馬烈身具九靈篡命圖之威，滅道之一難傷其身，唯一的辦法，便是以滅道之三，切斷他與其他陣眼的聯繫。

滋啦啦一聲響，司馬烈身體被光網籠罩，剛剛升起的黑色光柱也隨之黯淡消散。

「可惡的小子，休來煩我！」司馬烈大怒，身子一抖，穆方的禁制便要崩潰。

「青青，趕緊離開這，回去妳的身體！」穆方一邊大吼，一邊緊咬牙關加大靈力輸出。

「我不要！」

韓青青不是任性，而是她能聽懂李文忠的話語。

百里範圍都會被波及，那處在最近的穆方會怎麼樣，不用想也知道好受不了。

「要是影響範圍真的那麼大，我跑到醫院也是一樣。」韓青青堅定地站到穆方身邊：「你要是不希望我死，就把那混蛋打趴下！做不到的話我們就一塊死！」

「他媽的瘋婆子！」穆方又心疼又著急，右手繼續支撐靈力輸出，左手食指放入嘴裡咬破，狠狠地抹到了右眼之上。

既然瘋，那就一起瘋。凶眸，給老子開！

二段開眼，穆方靈力瞬間增長，直追聚靈境。只是因為兩大境界差距甚大，所以之前即便他二段開眼，也沒有到達聚靈境，只是無限接近。

可是這一次，穆方非但沒有被靈目控制心神，甚至突破了那道壁壘，一躍達到了更高的力量層次！

聚靈境。

在暴漲的靈力之下，穆方滅道之二的威力同樣大增，迅速穩固了下來，將司馬烈牢牢困住。

不過這種困住，顯然只是暫時的。

穆方的靈力在不斷消耗，可司馬烈的靈力卻好像源源不絕。此消彼長，禁制被破除只是時間問題。

韓青青乾著急幫不上忙，李文忠也是有心無力。雯雯雖然一個勁地往上撲，卻連司馬烈的身都近不了。

穆方額頭的汗越來越多，手也顫抖起來，捆著司馬烈的光網忽大忽小，似乎隨時會破掉。

正在這千鈞一髮之際，他突然感覺身體裡注入一股渾厚溫和的靈力，即將被掙開的禁制，再一次穩定了起來。

「傻小子，做得不錯。」

滿臉笑意的老薛，出現在了穆方身邊，他身上還是那身老舊的郵差制服，一臉蒼老的皺紋。

看著這張臉，穆方只感到前所未有的親切。

「師父，您總算出現了……」穆方感動得想哭。

老薛笑了笑，隨手一點，李文忠的禁制立時解開。

「大人，文忠給您丟臉了。」李文忠低著腦袋，即便只是烏鴉形態，也不難看出其羞愧之狀。

「怪不得你，對方可是那個麻煩的傢伙。」老薛嘆道：「我之所以這麼晚才來，就是被那傢伙耽擱了。」

「竟然攔住了您？」李文忠猛然抬頭：「是誰？」

「李文忠，你覺得除了本將，靈界還有誰能將薛老鬼阻攔這般時間？」

伴隨著一個傲氣十足的低沉嗓音，一團團肉眼可見的怨氣從地下升起，漸漸聚攏。

「不過很可惜，還是讓這老頭跑掉了……」

怨氣聚攏在一起，麵團一樣蠕動著，緩緩形成一個由怨氣組成的人形輪廓，五官隱約可見，身上則是古代鎧甲樣式。

看著那怨氣凝聚的身體，穆方驚駭莫名。

這是什麼人，竟然能以怨氣凝聚實體？而且那身體之內，力量似乎也是無窮無盡。

「是你？」李文忠驚駭萬分：「與司馬烈簽訂靈魂契約的人，竟然是你！」

「很奇怪嗎？」那人哈哈大笑：「本將待著無聊，又不像你一樣做了地府的走狗，自然也要找些事情來做做。」

李文忠怒罵道：「你這匹夫，死性不改，受大人多少恩澤，不思回報倒罷了，如今竟然還敢作亂！」

那人擺了擺手：「這麼多年過去，你罵起人來依然沒有長進。實話與你說，我無意與薛老鬼為敵，只是既然簽了契約，便要言而有信。這一點，可是薛老鬼教我的呢。」

隨後，那人又轉向司馬烈：「更何況這人能為一女子做到這般地步，頗合本將脾氣。無論如何，本將都會幫他到最後一步，至於結果如何，就要看天意了。」

話音未落，那人手臂一抬，一道粗壯的靈力直往被穆方禁錮住的司馬烈而去。

老薛身形一動，啪的一聲，隨手將那股靈力打散。

「薛老鬼，你何必非與我較勁呢？這裡可不是靈界。」那人發出一聲嘆息：「我藉著靈魂契約，方才傳遞一縷神念在此，雖然弱得可憐，但你若想阻我，勢必會超過人間界的靈壓限制。到那時，至少幾十年內，你都只能待在靈界了。」

「老頭子在靈界的年頭比你長，多待少待上幾十年都不算什麼。」老薛呵呵一笑：「更何況現在有個好徒弟，比我更勝任三界郵差的工作，人間界就算回不來，又有什麼關係？」

「這小子嗎？」那人瞥了穆方幾眼，嗤笑了一聲。「你倒是送了他一個好禮物，只可惜在本將看來，只是玷汙了……」

突然，那人手臂又是一揚，一道靈力射出。

老薛隨意擺手，再度將靈力擊散，笑道：「你勇力過人，靈界沒幾個人能與你相爭，只可惜腦子還是一樣沒長進，竟然妄想用這種小伎倆。」

那人也笑了：「既然這樣，我還是用我最擅長的方式吧。」

呼的一聲，狂風頓起，一團團摻雜著怨氣的靈力時而聚攏，時而分散，猶如狼群。隨著那人單手一揮，無數的靈氣團猶如狼群撲食一般，向司馬烈蜂擁而去。

感受到那恐怖的靈力，穆方驚駭莫名。

這種力量，已經遠遠超過了他的認知。

「別走神，專心壓制司馬烈！」老薛一聲大吼，兩手捏出兩團光球，飛身躍起，一拳又一拳地將靈氣團擊碎。

穆方連忙專注心神，牢牢穩住滅道之二，防止司馬烈脫困。

但司馬烈似乎沒有掙扎的意思，焦慮地看著老薛和那人交手。

他以自身煉靈，已經極為虛弱，若是沒了對方的幫助，九靈篡命圖實難完成，所以乾脆不再掙扎，把希望都放到了那人身上。

10

愛

老薛和那人的戰鬥持續著，轟隆隆的聲音此起彼伏，宛如連綿不絕的春雷。

戰鬥不知道持續了多久，突然，又是轟隆一聲，巨大的氣浪爆開，四周的水面都震起了一片片水花和波浪。

那人受到重創，由怨氣凝聚的身體似乎即將消散，卻哈哈大笑道：「哈哈哈，還是你厲害，本將認輸了。只可惜太不過癮，回到靈界之後，本將定要再和你戰上三百回合……」

張狂的大笑聲中，怨氣漸漸消散，四周也平靜了下去。

老薛長吁了一口氣，抖了抖發麻的雙手，嘀咕罵道：「該死的瘋子，我這把老骨頭可禁不起你折騰。」

「師父，你的身體！」穆方驚叫。

他發現老薛的身體也變得虛幻起來，在那郵差衣服的裡面，隱隱約約有蟒袍紋理浮現。

「沒事，是靈界要招我回去。」老薛閒適地走到穆方跟前，嘆息道：「我破壞了一些規則，短時間內怕是回不來了。不過你別想偷懶，我一樣可以通過文忠來監督你的。」

「師父……」穆方表情複雜。

比起離別之感，現在他更在意老薛的身分。

方才老薛展現出的力量，以及雙方的對話，越發證明老薛就算在靈界之中，身分也絕不尋常。

「我知道你想問什麼，但現在還不到告訴你的時候。」老薛神情嚴肅：「或者說，你現在還沒資格知道，知道了也沒好處。」

「那以後呢？」穆方心裡有些難受：「是不是我再也見不到你了？」

「當然不會。」老薛笑了：「我們見面的機會還有很多，只是暫時會有些問題。不過，如果你那麼想見我，倒也有個簡單的辦法。」

「什麼辦法？？」穆方追問。

「死掉。」老薛怪笑：「你死了就能來靈界，當然能見到我了。」

「那不見了。」穆方的腦袋搖得和波浪鼓似的。

老薛一笑，正待說話，突然皺起眉，抬頭看向夜空，臉色驟變。

與此同時，穆方也察覺到一絲不妥：「師父，我的滅道……」

滅道之二依然在穆方的掌控之下，但是他隱隱約約感覺有些不對勁，似乎不需要自己的靈力維持，禁制也依然存在。

這是怎麼回事？

再看司馬烈，笑容詭異，兩眼更是放著興奮的光。

「好個匹夫，老頭子竟然著了他的道！」老薛恨恨道，揮手一個靈力團打向天空。砰的一聲，許多白色光點散開，在光點的映照下，可見一道若隱若現的光柱，以雲霞為起點，直貫天際。

「方才那廝，看似與我爭鬥，實際上他早就將目標轉向了你。」老薛神色凝重。「從剛才開始，你的靈力就被那廝侵蝕，司馬烈的禁制，早已經開了。」

穆方半信半疑，將靈力徹底收回，然而司馬烈身上的光網並未跟著消失，也就是說，那根本是假的。

「師父，那光柱……」看著聳立在夜空的光柱，穆方心中不安。

老薛嘆息：「是九靈篡命圖……」

「啊？」穆方大驚失色，本能地看向韓青青。

可是韓青青安然無恙，在那愣愣地站著，再看向四周，那些遊蕩的遊魂好像也無影響。

「放心，九靈篡命圖只運轉了一個陣眼，並未完全成功。」老薛將目光轉向雲霞。「一個陣眼影響微乎其微，效果也會減弱數倍。我想，她應該無法重塑肉身，但或許會恢復神識。」

說話間，就見雲霞混沌的眼神漸漸清明起來，四下張望，似乎在適應周圍的情況。

「雲、雲霞！」司馬烈激動萬分，哆哆嗦嗦地走近，不能自抑。

「烈爺？」雲霞先是一臉驚喜，但又疑惑道：「我記得自己是應該死了……唔……」

雲霞突然痛苦地抱頭蹲了下去。

「別怕，別怕，很快就過去了……」司馬烈焦急地勸慰道：「妳二十多年都是遊魂之軀，如同行屍走肉，現在重聚神識，需要時間接收這些年的記憶……」

老薛嘆了口氣：「苦到盡處仍是苦，夢到終來終落空。」

說著，就要邁步向前，想趁著還能留在人間界，將司馬烈收服。現在司馬烈是惡靈之軀，他完全可以將其帶走。

「師父。」穆方輕輕扯了下老薛的衣角，不忍道：「既然篡命圖沒有成功，就給他們一點時間吧。」

「你這孩子。」老薛苦笑著搖了搖頭：「好吧，誰讓這二人是你的客戶呢。」

穆方勉強笑了下，複雜莫名地看向司馬烈。

司馬烈作惡多端，百死難贖其罪，但他對雲霞的情誼，的確世間罕見。簽訂靈魂契約，如同將自己賣給惡魔，最後更是為了集齊九靈，生生將自己煉化成惡靈。如果換成自己處在他的位置，能做到這種程度嗎？

穆方不知道。

過了一會，雲霞似乎不再疼痛，慢慢站起身，轉頭看向司馬烈，先前驚喜的神情已然不再，取而代之的是無盡的悲切：「你，你怎麼能這麼做？你害了那麼多人，又害了自己……」

「為妳，我什麼都可以做！」司馬烈抓住雲霞的手，激動道：「雖然這次沒有成功，但妳至少已經重塑神識。再給我一些時間，我一定能讓妳重塑肉身，就算做不到，我也不會讓妳做普通的幽魂，我會讓妳……」

「夠了，真的夠了。」雲霞打開司馬烈的手，後退兩步：「這不是我要的，不是……」

司馬烈連忙安慰道：「我知道，妳現在還接受不了這一切，但只要再過一段時間……」

「過多久都沒有用！」雲霞咬了咬嘴唇，眼中閃過一抹掙扎，突然大吼道：「你做這些有什麼用？我又不喜歡你！就算你做再多，又有什麼用！」

「妳，妳說什麼？」司馬烈不敢相信自己聽到的。

穆方和老薛也是一愣，韓青青則是微微皺了皺眉。

「你是我師父，是我尊敬的長輩，你怎麼能做這樣的事？」雲霞好像沒有看到司馬烈的表情：「我所尊敬的那個人，是教我修練，帶我除靈，面冷心熱的烈爺。現在的你，不是他，不是……」

「雲霞，妳胡說什麼啊。」司馬烈強笑：「妳總不會不知道我的心意吧？當年妳去世之前，不是說下輩子要做我妻子嗎？」

「因為我想報答你啊。」雲霞理所當然道：「可是報答，並不代表感情，更何況你是我的師長，我又怎會……」

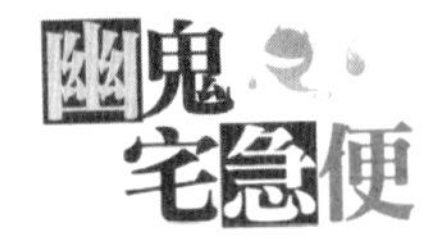

「住嘴！」司馬烈突然暴怒起來：「妳胡說！快告訴我，妳說的都是謊話！一文錢不值的謊話！」

雲霞突然笑了：「你又這樣了，就像當年一樣，除了訓斥之外根本不懂得怎樣關心別人。」

啪！司馬烈揚手抽了雲霞一巴掌。

雲霞身子輕飄飄的，被打飛出去老遠。

「你做什麼?!」穆方幾乎是本能地衝過去，將雲霞扶住。

「妳、妳竟然敢這樣對我！」司馬烈氣得渾身發抖：「我為了妳，背叛了家族，背叛了我的準則……可是妳，竟然這樣來報答我！」

雲霞推開穆方的手，站起身：「那是你的選擇，不是我的。」

「好，很好。」司馬烈突然狂笑起來：「那我就殺了妳，殺了你們所有人！」

穆方皺眉看了司馬烈一眼，轉頭對老薛道：「師父，收了這個混蛋，我看他瘋了。」

「對，我是瘋了，看我瘋給你們看。」司馬烈突然兩眼異芒綻放，身體好像被什麼擠壓一樣，瞬間扭曲起來。

「不好，他要逆轉黃泉之門！」老薛驚怒，抬手打出一道光柱。

黃泉之門，連接人間界與靈界的通道。這個通道只供人間界的靈體進入，靈界的存在絕難從其脫出，不過，若是將通道逆轉，情況便會截然不同。

只是逆轉此門絕非易事，就算以地府十閻君之能也無法做到，因為這是天道法則，非人力所及。

可是，司馬烈之前用了忤逆天道的九靈篡命圖，雖然沒完全運轉，但也的確違逆了天道。

換言之，此時此刻的司馬烈在天道之外，只要以他的身體為通道，便可以造出一個逆轉的黃泉之門。

癲狂至極的司馬烈是要以形神俱滅的代價，讓靈界諸靈外逃，禍亂人間界。

老薛深知此中危害，出手毫無保留。只是先前一番惡戰，他所使用的力量已觸及人間界的底線，此時能用出的力量微乎其微。

「文忠，穆方，速速助我！」

在老薛的招呼下，穆方滅道之一出手，李文忠也顧不得許多，直接顯現本尊，抬手

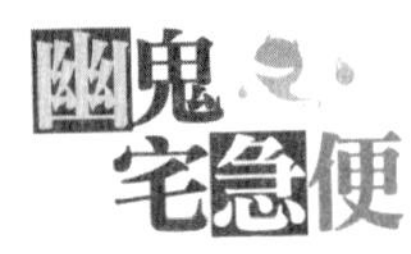

攻向正在幻化而出的黃泉之門。

雯雯上躥下跳也想幫忙，但她的力量只能用於近戰格鬥，現在是想幫忙都幫不上。

砰砰砰，老薛、穆方、李文忠，同時被黃泉之門的力量彈了回來。

此時司馬烈的身影已經消失，取而代之的是一個螺旋通道，隱隱約約，其中傳來鬼哭狼嚎之聲。

「都怪我！」穆方急得直跺腳。

都是他剛才心軟，若早讓老薛把司馬烈收了，就什麼事都沒了。

「怪不得你，他隨時可以這麼做！」老薛咬牙：「既然如此，只能強行封印了！」

黃泉之門無法直接封印，老薛其實是要直接封印這區域的空間。一旦這麼做了，石坪市便不會再有黃泉之門出現，這裡的魂靈數目，勢必會積累到非常恐怖的程度，可是現在，老薛顧不得了。

「前輩且慢。」一直默不作聲的雲霞突然開口。「也許，我可以阻止他。」

老薛先是一怔，隨即恍然。

雲霞也受了九靈篡命圖的威能，此時同樣超脫於天道之外。但是她並無強大的力量，如果想阻止這逆轉的黃泉之門，只有一個辦法。

「難道妳是想……」穆方也想到了。

像司馬烈一樣，用現有的能量讓輪迴之門停止逆轉。

但如此一來，她便會和黃泉之門徹底融為一體，化作能量塵埃。

「因為我，烈爺才做下諸多惡事。既然由我而起，也該由我而終。」

雲霞淡然一笑，身子化作一股清流，融入了司馬烈化身的黃泉之門。

緩緩旋轉的黃泉之門倏然停止，片刻後，又以相反的方向轉動起來。

四周飄蕩的遊魂好像受了什麼召喚，化作一道道青光蜂擁而入。

穆方擔心韓青青被波及，連忙將她抱住。韓青青在巨大的吸力下，也緊緊摟住穆方的腰，不敢鬆手。

幾分鐘過後，四周的遊魂豁然一清，黃泉之門也消失不見。

「穆方。」老薛突然喚道。

穆方轉頭一看，他已經成了半透明狀，李文忠的身體也是亦真亦幻。

「師父、忠哥?!」穆方驚叫。

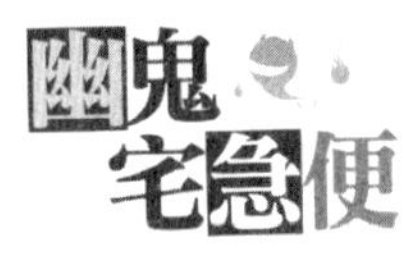

「無妨。」老薛道：「幾十年內，我或許無法再重返人間界，但文忠方才只是稍受影響，最多一年便可回歸。這段時間你切莫懈怠，要時刻記得自己的責任……」

「師父放心！」穆方大喊：「我一定不會讓你失望。」

老薛笑著擺了擺手，身後漸漸出現一個和黃泉之門類似的黑洞通道，和李文忠一同沒入其中，隨即消失不見。

看著空蕩蕩的四周，穆方突然感覺心中一陣空落，不禁嘆道：「人也好，靈也罷，都被執念所擾，若是落得和司馬烈那般可悲，發現到頭來只是一場空，更是……」

「雲霞是愛司馬烈的。」韓青青突然打斷了穆方。

「為什麼這麼說？」穆方奇怪。

「你沒注意到嗎？她在說不愛司馬烈時的眼神是那麼痛苦，像是隨時都要哭了一樣。」韓青青認真想了想：「我猜她是不希望司馬烈再害人害己，才會故意那麼說。看司馬烈那種瘋狂的樣子，我想雲霞如果不那麼說，他肯定不會罷手吧。

「司馬烈的愛很自私，得不到就發狂，但雲霞的愛既溫柔又堅定，哪怕司馬烈幹了那麼多壞事，她也沒有改變自己的心意。若不然的話，她最後也不會和司馬烈一起融進那個黑洞。我想，她一定是想和自己的愛人，永遠在一起。」

「那是黃泉之門。」穆方思索了下韓青青的話，覺得很有道理，但又覺得哪裡有點不全面。

想了一會，穆方晃了晃腦袋。

算了，這麼複雜的事情，怕是連天道都理不清，自己這塊料又哪想得明白？只要明白自己心裡的人是誰，就夠了。

「青青。」穆方深深吸了口氣，看向韓青青的眼睛：「有句話，我想告訴妳……」

「現在？」韓青青歪頭看了看穆方。

「對，現在。」穆方堅定地點頭。

「現在我不聽。」韓青青嘟起嘴：「先送我回肉身，然後我再聽。」

「為什麼啊？」穆方現在正有勇氣呢，怕再過一會就不敢說了。

「我現在這個樣子，說好聽點是什麼真靈，但老實說不就是鬼嗎。」韓青青翻著白眼：「我才不要你對鬼說鬼話呢。」

「呃……」穆方無語。但也不得不承認，韓青青這個奇葩理論，的確有她的道理，想反駁都無從駁起。更何況現在，他也沒有那個時間了。

刺耳的警笛聲此起彼落，公園門口人影閃動，隱隱還聽見有人喝罵。

他們在公園裡打得這麼熱鬧，又是閃光又是爆炸，起初有陣法遮掩還好，但後來司馬烈化身黃泉之門，這些動靜早就傳了出去。

被吵醒的人們還以為有人在公園放煙火，紛紛憤慨地打電話控訴擾民。警方趕到之後，正好和剛剛恢復神智的除靈師們遭遇，發生了不大不小的衝突。

穆方可不想再進警局，帶著韓青青的真靈直接從後門翻牆遁走。至於留下的爛攤子，就交給司馬風一行人頭疼去吧。

穆方帶著韓青青趕赴醫院時，老薛和李文忠已在靈界之中。

靈界與人間界並無太多區別，只是天空布滿了絢麗的青紫流光，似亮非亮，似昏非昏，無白天黑夜之分。

李文忠依然是一身仿古黑衣，可老薛卻完全變了個人似的，讓人一看便心生敬畏，破舊的郵差制服也被漆黑蟒袍取代。

二人默然不語，抬頭看著天空。

在流光溢彩的空中，有一處明顯的裂痕，正在幻化修復，許多飄蕩的靈體不甘地在裂痕處呼號徘徊。

「哎，還是慢了一點。」李文忠十分懊惱：「看情形，應該還是有些傢伙跑出去了。」

老薛點頭：「那幾個老東西應該已經有所行動。鐵捕在人間界的行動很受約束，逃走的那些又盡是靈界的老油條，我並不覺得能抓回多少。」

「大人，我有些擔心穆方。」李文忠眼中盡是憂慮：「之前您在黑水待了很久，靈界的出逃者必然有所察覺，若所料不差，肯定有不少人會優先選擇去那裡棲身。而以穆方的性格，萬一和那些人碰上……」

「不是萬一，是一定。那些傢伙，可比司馬烈更清楚三界郵差的價值。」老薛嘴角微微挑了下：「一開始他們肯定不敢亂動，但只要撐過一年半載，風聲過去一些，必然會主動去找穆方。」

李文忠眉頭緊皺：「靈界事務繁多，到處都缺人手，鐵捕在人間界的行動又受約束，我估計至多三五個月，搜捕力度就會下降，根本用不了一年半載。」

「我倒不覺得是什麼壞事。」老薛輕輕笑道：「那小子的脾性你應該已經很了解了，你我都不在身邊，他百分百會偷懶摸魚。放上三五個月的長假，已經夠奢侈了。」

李文忠啞然失笑：「大人說的是，我倒把這點忘記了。」

「放心吧，你也別太小瞧穆方。」老薛道：「這個通道很小，打開的時間也只有一瞬，厲害的傢伙逃不出去。更何況，那些人也知道穆方是我選的繼任者，不敢胡來的。」

「希望如此吧……」李文忠並不像老薛那樣對穆方有信心。

雖然都是靈體，但靈界和人間界可是截然不同。穆方那個傻小子，能應付得來嗎？

李文忠在那擔心，沒注意到老薛眼中也閃過一抹不易察覺的焦慮。不過他不是擔心那些外逃的靈，而是之前和他交手的那人。

黃泉之門逆轉，這麼好的機會，那傢伙有可能錯過嗎？本體肯定出不去，但哪怕只是逃出一縷神念，也是了不得的大事啊……

人間界，石坪市，醫院。

深夜，病房早已關門，謝絕家屬探視，穆方在樓下轉了幾圈，找了一個半開的窗戶鑽了進去，鬼鬼祟祟地找到韓青青的病房。

「這醫院保全也太差了，我一定要投訴。」進了病房之後，韓青青憤慨道：「你這樣的傢伙都能隨便進出，萬一哪個混蛋進來，非禮了老娘都沒人知道。」

穆方無奈地翻了下白眼，指了指病床：「得了吧，韓大小姐，趕緊回去吧。拖拖拉拉的，萬一真驚動保全就麻煩了。」

韓青青飄至窗前，好奇地看著自己的身體。「真奇怪，好像有兩個自己……」

「妳真囉嗦。」穆方在後面一推，直接將韓青青送入肉身。

真靈歸體簡單，但也不是隨便就能重新和肉身融合，雯雯跳到窗口臥下，看著穆方施術。

他伸手解開韓青青的兩個釦子，露出脖頸下方的一小塊肌膚。

看著那片雪白，穆方暈了一下。

晃了晃腦袋，努力排出雜念，他托起韓青青的右手，咬破食指，用溢出的鮮血，在她胸口上方畫了一個符咒。

隨後，穆方雙手結印，雙目微閉，口中念念有詞。

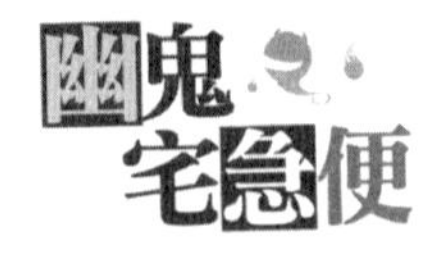

一團團靈力光芒閃耀，韓青青胸口的符咒也煥發了異樣光彩。

這個程序並不複雜，但為了讓真靈完美與肉身融合，卻需要相當長的時間。

穆方保持著姿勢，足足過了三、四個鐘頭，直到天色濛濛亮，額頭盡是汗滴的他才將雙眼睜開。

「……九轉還陽，回靈歸身，入！」

嗡的一聲，韓青青身體發出一片幽光，隨即又黯淡了下去。

穆方長吁了口氣，拉過椅子一屁股坐了下去。

過了少頃，韓青青眼皮動了動，緩緩睜開眼，坐起了身子。

「嗨。」穆方擺手打了個招呼。

韓青青眨眨眼，活動了下手指：「感覺好奇怪，身體好像有點麻木了。」

「妳的真靈剛剛回歸，需要時間適應身體，沒事的。」看著韓青青的臉，穆方笑得很開心。

「傻笑什麼啊！」韓青青莫名紅了臉，問道：「對了，你不是有話告訴我嗎？」

「唔……」穆方的笑容僵住了。

花了這麼久時間，好不容易累積起來的勇氣，好像全部都沒了。

「嗯，是、是有話……」穆方磨磨蹭蹭地站起來，走到床前，努力深呼吸。

「說吧。」韓青青盯著穆方，眼中有些期待，還有些緊張。

「其實吧，我……我也不知道什麼時候……」穆方吞吞吐吐。

「繼續。」韓青青鼓勵。

「可能吧，就是以前，然後……」繼續結巴。

「什麼以前然後的，說重點！」生氣了。

「噢，重點啊，重點就是我……那個……」說話還是不太連貫。

「搞什麼，你要憋死老娘啊！」韓青青受不了了，一把抓住穆方的衣領拉過來，嘴唇狠狠地印了上去。

穆方先是一愣，然後全身的骨頭都酥了，感覺好像上了天堂一樣。

不知道過了多久，穆方回過神，兩手慢吞吞想要抱上去的時候，韓青青突然又一把推開了穆方。

「你這個笨蛋！」韓青青臉色緋紅，吐氣如蘭：「真要等你開口，老娘怕是得一輩

子嫁不出去了！」

「嘿嘿嘿嘿……」穆方站在那，也不知道說什麼好，只一個勁傻笑。

「笑什麼，說話！」韓青青白了穆方一眼。

「我喜歡妳，只喜歡妳。」穆方說出口了。

韓青青臉又紅了，得意地哼了一聲：「這才像話。」

看著小臉紅通通的韓青青，穆方除了傻笑還是傻笑，感到了前所未有的幸福。

他突然覺得，自己的人生一下子圓滿了。

以前窮鬼一個，整天除了打工之外連朋友都沒有。

但是現在呢，有師父，有雯雯，有李文忠……嗯，雖然好像都和人有點區別，但都是彼此關心在意的人。

還有最頭疼的債務問題，現在根本不算什麼了，就算被凍結的那些錢還不能用，賣畫的錢也足夠用了。況且現在還有一大群除靈師在石坪，只要把剩下的大黑棗拿出來拍賣，鐵定賺翻。

雖然父母因為遵守承諾一時回不來，但其實自己也可以出去看他們啊，反正有錢了，要是想的話還可以自己包一架飛機去，帶著雯雯、青青，一起出國玩玩也是應該的嘛。

對了，青青……

穆方繼續傻笑：「剛才感覺真好。我還想……」

「想你個頭啊！」韓青青羞惱萬分，拿起枕頭丟了出去。

穆方伸手接住，卻聽韓青青咦了一聲。她突然發現枕頭上有血跡。

下意識地看了看手指，她不由得驚叫起來：「啊，流血了！」

穆方連忙解釋：「真靈歸體需要用妳的血在胸口畫符咒，不是故意的。」

韓青青低頭看了一眼，見到胸口上的圖案，臉又紅了幾分。

「死穆方，臭穆方，臭流氓！」韓青青羞惱道：「你敢解我衣服？說，你還看到什麼了！」

「沒，真沒什麼啊……」穆方起誓發願。

「我才不信！你把我衣服都解開了，還把我弄流血……」

韓青青正大呼小叫，突然匡噹一聲，病房的門被人猛地撞開。

二人回頭一看，正是韓立軍。

「爸？」韓青青高興地喊了一聲。

「韓叔……」穆方莫名地有點心虛。

韓立軍氣喘如牛，一對大眼掃視病房，看到地上的枕頭，看到韓青青凌亂的衣襟，看到些許殷紅……

韓立軍就住在醫院旁邊的小旅館裡，每天早上只要醫院開放探視病患，他肯定第一時間趕來陪伴女兒，結果今天剛到門口，就聽到韓青青的聲音。

還來不及高興呢，就感覺事情不太對。

解開衣服，弄流血……

出於職業敏感，聽到這種字眼的瞬間，韓立軍就沒往好處想。等撞開門，看到裡面的情形，他整個人立刻就炸了。

那種憤怒，遠遠超過女兒醒來的喜悅。

於是，韓立軍爆發了。

大喝一聲，他一躍而起，撲到穆方身前，上來就是一記凶悍的正直拳。

「哎呀！」穆方辛苦了整晚，現在身體極度疲憊，更沒想到韓立軍會突然襲來，直接被打飛了出去，摔倒在牆角。

「你對我的女兒做了什麼？你這個混蛋！」

一拳得手後，韓立軍並未停手，緊跟著又再度撲出，拳打腳踢、背摔鎖扣，警界格鬥冠軍的身手展露無遺。

韓青青完全被這變故搞懵了，等看到穆方被自己老爸按在牆角暴毆，慘叫連連，總算反應了過來。

「爸，你誤會了，他不是……」

韓青青想下床阻攔，但真靈剛剛歸體，身體不太聽使喚，只能著急地解釋。可現在韓立軍憤怒到了極點，耳朵裡根本聽不到其他聲音。

穆方抱著頭，不住地哀嚎。

「韓叔，誤會啊，誤會……哎呦……要打死人了……青青，救命……啊呀……雯雯，救我……」

雯雯趴在窗臺上，看了看慘叫的穆方，打了個哈欠，把頭埋進了爪子裡，心裡暗自嘀咕。

老丈人教訓女婿，你們這是家事，我摻和什麼啊。

「救命，救命……」

在韓立軍的毆打中，穆方繼續徒勞地掙扎著。

——《幽鬼宅急便05》完

——《幽鬼宅急便》全系列完

俗人

高寶書版集團
gobooks.com.tw

輕世代 FW127
幽鬼宅急便05（完）

作　　者　俗　人
繪　　者　言　一
編　　輯　林紓平
校　　對　李思佳、林思妤
美術編輯　陸聖欣
排　　版　彭立瑋
責任企劃　林佩蓉

發 行 人　朱凱蕾
出　　版　英屬維京群島商高寶國際有限公司臺灣分公司
　　　　　Global Group Holdings, Ltd.
地　　址　臺北市內湖區洲子街88號3樓
網　　址　gobooks.com.tw
電　　話　(02) 27992788
電　　郵　readers@gobooks.com.tw（讀者服務部）
　　　　　pr@gobooks.com.tw（公關諮詢部）
傳　　真　出版部　(02) 27990909　行銷部 (02) 27993088
郵政劃撥　19394552
戶　　名　英屬維京群島商高寶國際有限公司臺灣分公司
發　　行　希代多媒體書版股份有限公司/Printed in Taiwan
初版日期　2015年2月

國家圖書館出版品預行編目(CIP)資料

幽鬼宅急便/ 俗人著.-- 初版. -- 臺北市：高寶國際, 2015.02-
冊； 公分. --

ISBN 978-986-185-808-1(第5冊：平裝)

857.7　　103016005

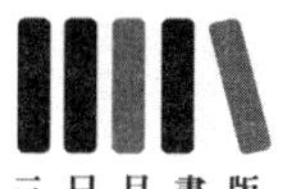
三日月書版

三日月書版

GOBOOKS
& SITAK
GROUP©